Conjugaison anglaise

DANS LA SÉRIE *MÉMO*

Anne-Marie Bonnerot

Conjugaison anglaise

Librio

Inédit

SOMMAIRE

- I -

Les auxiliaires

Pour savoir conjuguer, il est essentiel de savoir distinguer les auxiliaires des verbes.

Cette partie, consacrée aux auxiliaires anglais, récapitule les emplois et les conjugaisons des auxiliaires en anglais.

Les auxiliaires sont presque toujours présents dans la langue anglaise.

En effet, les formes négatives et interrogatives de l'anglais ne peuvent pas se passer d'auxiliaire (sauf cas particulier du verbe « to be », cf. page 19).

Par ailleurs, il arrive fréquemment qu'ils apparaissent aussi à la forme affirmative, soit pour des questions de conjugaison, soit parce qu'ils ajoutent au verbe une notion particulière (cas des auxiliaires de modalité).

Parmi les auxiliaires, nous en comptons et distinguons **deux catégories** :
• « be », « have », « do »
• les auxiliaires modaux, appelés aussi les auxiliaires de modalité (can, could, may, might, must, shall, should, will, would...).

Ces deux catégories d'auxiliaires ont en commun le fait :
– d'avoir des formes pleines et contractées.
– de porter la négation.
   À la forme négative, on peut les contracter avec « not » sous la forme « n't » (ex. : isn't, haven't, doesn't, mustn't, shouldn't...).
– de se déplacer dans la phrase, à la forme interrogative.
– d'être toujours associés à un verbe lexical (un auxiliaire n'est jamais employé seul).

Ces deux catégories d'auxiliaires n'ont cependant pas les mêmes fonctions :
– « be », « have » et « do » sont employés pour former la conjugaison des verbes.
– les auxiliaires modaux, eux, ajoutent au verbe qui les accompagne une notion particulière telle que la permission, la probabilité, l'obligation, etc.

I. Les auxiliaires : be

De nombreuses notions sont exprimées grâce aux modaux, telles que la capacité, la permission, le refus, la probabilité, l'obligation, l'interdiction, etc.

La modalisation consiste à nuancer, quantifier, évaluer les chances de réalisation de ce qui est dit.

L'énonciateur, s'il modalise son énoncé, n'est pas neutre, il porte un jugement sur ce qu'il exprime.

Ces modaux n'ont pas d'équivalent strict en français.

Ils correspondent à des expressions telles que : « *Il se peut que, Il faut que...* » ; des adverbes comme « *peut-être, sûrement...* », ou encore des verbes lexicaux tels que : « *devoir, pouvoir...* », etc.

Contrairement aux auxiliaires, les verbes (« to be » mis à part) se conjuguent à tous les temps, n'ont pas de formes contractées, et font appel à des auxiliaires à la forme interrogative et négative.

BE, HAVE ET DO

« Be », « Have » et « Do » existent en anglais, tantôt comme **auxiliaires**, tantôt comme **verbes**.

Ils ont donc un statut à part parmi les auxiliaires et parmi les verbes.

Aussi, on distinguera les emplois et les conjugaisons de ces « opérateurs » de la langue anglaise quand ils sont utilisés comme **auxiliaires** ou comme **verbes**.

1) BE

« Be » est un cas unique en anglais :
- il est tantôt auxiliaire, tantôt verbe, le verbe « to be » à l'infinitif.
- il a sa propre conjugaison au présent et au prétérit.
- il n'a pas besoin d'auxiliaire, à la forme interrogative et négative.

C'est un outil incontournable de la langue anglaise qu'il faut bien connaître et dont il faut bien comprendre le fonctionnement, tantôt en tant qu'auxiliaire, tantôt en tant que verbe.

1. L'auxiliaire « be »

Rappel :
Les auxiliaires « be », « have » et « do » sont des outils qui servent à la conjugaison des verbes. Comme tous les auxiliaires, ils peuvent se contracter ; ce sont eux qui portent la négation et se déplacent dans les questions. Ils sont toujours associés à un verbe lexical.

a) Emplois de l'auxiliaire « be »

L'auxiliaire « be » a deux emplois :
• Il s'utilise pour conjuguer les verbes lexicaux à la forme continue (appelée aussi forme progressive ou encore forme « be + -ing »).
On le trouve donc conjugué au – présent continu
– prétérit continu
– present perfect continu
– past perfect continu
• Il sert aussi à former le passif (be + participe passé).

b) Conjugaisons de l'auxiliaire « be »

Un auxiliaire étant toujours associé à un verbe lexical, l'auxiliaire « be » est conjugué ci-dessous avec le verbe « to walk » (« marcher »), que l'on pourrait remplacer par n'importe quel autre verbe lexical.
Sans le verbe lexical auquel il est associé, on ne peut pas traduire un auxiliaire.

Auxiliaire « be » au présent continu :

FORMES PLEINES   FORMES CONTRACTÉES

AFFIRMATION

I am walking   I'm walking
You are walking   You're walking
He / She / It is walking   He / She / It's walking

We are walking   We're walking
You are walking   You're walking
They are walking   They're walking

Traduction :
Je marche, tu marches, etc.

NÉGATION

I am not walking   I'm not walking
You are not walking   You aren't walking / You're not walking
He / She / It is not walking   He / She / It isn't walking / He / She / It's not walking

9

I. Les auxiliaires : be

We are not walking	We aren't walking / We're not walking
You are not walking	You aren't walking / You're not walking
They are not walking	They aren't walking / They're not walking

Traduction :
Je ne marche pas, tu ne marches pas, etc.

INTERROGATION

Am I walking ?
Are you walking ?
Is he / she / it walking ?

Are we walking ?
Are you walking ?
Are they walking ?

Traduction :
Suis-je en train de marcher ? ou *Est-ce que je suis en train de marcher ?,*
etc.

INTERRO-NÉGATION

Am I not walking ?	Aren't I walking ?
Are you not walking ?	Aren't you walking ?
Is he / she / it not walking ?	Isn't he / she / it walking ?
Are we not walking ?	Aren't we walking ?
Are you not walking ?	Aren't you walking ?
Are they not walking ?	Aren't they walking ?

Traduction :
Ne suis-je pas en train de marcher ? ou *Est-ce que je ne suis pas en train
de marcher ?, etc.*

Notes :
• L'auxiliaire « be », comme les autres auxiliaires, existe sous deux formes : une forme pleine et une forme contractée.
• Les formes contractées s'emploient couramment en anglais, mais jamais en fin de phrase (ex. : What a liar you are ! *Quel menteur / Quelle menteuse tu fais !*) ni dans les « short answers » (ex. : Yes, I am. *Oui.*)
• Attention à la forme contractée « 's » qui peut être la contraction de « is » (ex. : What's happening ? *Que se passe-t-il ?*), de « has » (ex. : What's happened ? *Que s'est-il passé ?*) ou encore la marque du cas possessif singulier (ex. : Paul's car is red. *La voiture de Paul est rouge.*).
• Il existe deux formes contractées pour la négation (sauf à la première personne).
On peut employer l'une ou l'autre indifféremment.

• Les formes interro-négatives (Am I not... ?, etc.) sont rares en anglais parlé. Attention à la forme interro-négative « Aren't I... ? ».
• « I » s'écrit toujours en lettre majuscule.
• « It » s'emploie pour parler d'un objet ou d'un animal.
Cependant, quand il s'agit d'un animal familier, que l'on connaît, on peut dire « he » ou « she », selon le sexe de l'animal.
On emploie « it » parfois aussi pour parler d'un bébé (en particulier quand on ne sait pas s'il s'agit d'un garçon ou d'une fille).
• L'équivalent de « on » n'existe pas dans les pronoms personnels sujets anglais. Il existe plusieurs façons d'exprimer « on » en anglais (« one », « you », « they », « we »...).
• Il existe une forme familière, « ain't », qui peut remplacer toutes les formes négatives.
• La troisième personne du pluriel en anglais « They » correspond au masculin et au féminin pluriels « *Ils* » et « *Elles* » en français.
• Les deuxièmes personnes du singulier et du pluriel en anglais (« You... ») sont toujours identiques, à tous les temps et pour tous les verbes.
Elles correspondent respectivement à la deuxième personne du singulier et du pluriel en français (« *Tu* » et « *Vous* »).
Il n'existe pas de pronom personnel particulier pour vouvoyer en anglais, on utilise « You » pour s'adresser à quelqu'un, quel que soit le degré de connaissance de cette personne.

Auxiliaire « be » au prétérit continu :

FORMES PLEINES   FORMES CONTRACTÉES

AFFIRMATION

I was walking
You were walking
He / She / It was walking

We were walking
You were walking
They were walking

Traduction :
Je marchais, tu marchais, etc.

I. Les auxiliaires : be

NÉGATION

I was not walking	I wasn't walking
You were not walking	You weren't walking
He / She / It was not walking	He / She / It wasn't walking
We were not walking	We weren't walking
You were not walking	You weren't walking
They were not walking	They weren't walking

Traduction :
Je ne marchais pas, tu ne marchais pas, etc.

INTERROGATION

Was I walking ?
Were you walking ?
Was he / she / it walking ?

Were we walking ?
Were you walking ?
Were they walking ?

Traduction :
Étais-je en train de marcher ? ou Est-ce que j'étais en train de marcher ?,
etc.

INTERRO-NÉGATION

Was I not walking ?	Wasn't I walking ?
Were you not walking ?	Weren't you walking ?
Was he / she / it not walking ?	Wasn't he / she / it walking ?
Were we not walking ?	Weren't we walking ?
Were you not walking ?	Weren't you walking ?
Were they not walking ?	Weren't they walking ?

Traduction :
N'étais-je pas en train de marcher ? ou Est-ce que je n'étais pas en train
de marcher ?, etc.

Auxiliaire « be » au present perfect continu :

FORMES PLEINES | FORMES CONTRACTÉES

AFFIRMATION

I have been walking	I've been walking
You have been walking	You've been walking
He / She / It has been walking	He / She / It's been walking

We have been walking
You have been walking
They have been walking

We've been walking
You've been walking
They've been walking

Traduction :
J'ai marché, je marche, etc.

Remarque :
Comme le present perfect simple, le present perfect continu se traduit par un présent ou un passé composé en français, selon le cas.

NÉGATION

I have not been walking
You have not been walking
He / She / It has not been walking

I haven't been walking
You haven't been walking
He / She / It hasn't been walking

We have not been walking
You have not been walking
They have not been walking

We haven't been walking
You haven't been walking
They haven't been walking

Traduction :
J'ai marché, je marche, etc.

INTERROGATION

Have I been walking ?
Have you been walking ?
Has he / she / it been walking ?

Have we been walking ?
Have you been walking ?
Have they been walking ?

Traduction :
Ai-je marché ? ou Est-ce que j'ai marché ? / Est-ce que je marche... ?, etc.

INTERRO-NÉGATION

Have I not been walking ?
Have you not been walking ?
Has he / she / it not been walking ?

Haven't I been walking ?
Haven't you been walking ?
Hasn't he / she / it been walking ?

Have we not been walking ?
Have you not been walking ?
Have they not been walking ?

Haven't we been walking ?
Haven't you been walking ?
Haven't they been walking ?

I. Les auxiliaires : be

Traduction :
N'ai-je pas marché ? ou *Est-ce que je n'ai pas marché ?* / *Est-ce que je ne marche pas... ?*, etc.

Auxiliaire « be » au past perfect continu :

FORMES PLEINES   FORMES CONTRACTÉES

AFFIRMATION

FORMES PLEINES	FORMES CONTRACTÉES
I had been walking	I'd been walking
You had been walking	You'd been walking
He / She / It had been walking	He / She / It'd been walking
We had been walking	We'd been walking
You had been walking	You'd been walking
They had been walking	They'd been walking

Traduction :
Je marchais, j'avais marché, etc.

Remarque :
Le past perfect continu, le plus souvent utilisé avec « for » et « since », correspond à un imparfait en français, sinon il correspond à un plus-que-parfait.

NÉGATION

I had not been walking	I hadn't been walking
You had not been walking	You hadn't been walking
He / She / It had not been walking	He / She / It hadn't been walking
We had not been walking	We hadn't been walking
You had not been walking	You hadn't been walking
They had not been walking	They hadn't been walking

Traduction :
Je ne marchais pas, je n'avais pas marché, etc.

INTERROGATION

Had I been walking ?
Had you been walking ?
Had he / she / it been walking ?

Had we been walking ?
Had you been walking ?
Had they been walking ?

Traduction :
Est-ce que je marchais ? / *Avais-je marché ?* ou *Est-ce que j'avais marché ?*, etc.

INTERRO-NÉGATION

Had I not been walking ?	Hadn't I been walking ?
Had you not been walking ?	Hadn't you been walking ?
Had he / she / it not been walking ?	Hadn't he / she / it been walking ?
Had we not been walking ?	Hadn't we been walking ?
Had you not been walking ?	Hadn't you been walking ?
Had they not been walking ?	Hadn't they been walking ?

Traduction :
Est-ce que je ne marchais pas ? / N'avais-je pas marché ? ou *Est-ce que je n'avais pas marché ?*, etc.

Notes :
- Attention à la forme contractée « 'd » qui peut être la contraction de « had » (ex. : I'd been walking for two hours when I reached the village. *J'avais marché pendant deux heures quand j'arrivai au village.*), mais aussi de « would » et de « should » (ex. : I'd like to see you soon. *J'aimerais te voir bientôt.*).

2. Le verbe « to be »

a) Le verbe lexical « to be »
- Quand « be » est utilisé comme **verbe lexical** (et non comme auxiliaire), il est, la plupart du temps, l'équivalent du verbe « être » français, mais il a aussi d'autres traductions et d'autres emplois (cf. pages 19 à 24).
  Ex. : I'm an English teacher.   *Je suis professeur d'anglais.*

- Le verbe « to be » est un **verbe irrégulier** :

Base verbale	Prétérit	Participe passé
be	was / were	been

- Le verbe « to be » existe et se conjugue à tous les temps ; en revanche, il ne s'emploie pas aux formes continues (formes en be + -ing), sauf cas particuliers* (cf. page 16).

- Alors que l'auxiliaire « be » est obligatoirement suivi d'un verbe lexical, le verbe « to be » peut être suivi :

– d'un adjectif
  Ex. : He is ill.   *Il est malade.*

  – d'un groupe nominal
  Ex. : She is a beautiful girl.   *C'est une belle fille.*

  – d'un groupe prépositionnel
  Ex. : I was at home yesterday.   *J'étais chez moi hier.*

I. Les auxiliaires : be

• **Les participes de « to be » :**
Il existe deux formes de participes en anglais : le participe présent (ou gérondif) et le participe passé.
Le participe présent de « be » est « being » ; le participe passé, « been ».

• **« To be » à l'impératif :**
Les formes de « to be » à l'impératif sont « Be... ! » ou « Don't be... ! » à la forme négative.

    Ex. : Be honest !   *Sois honnête ! / Soyez honnête(s) !*
          Don't be stupid !   *Ne sois pas bête ! / Ne soyez pas bête(s) !*

En dehors du présent simple et du prétérit simple, « to be » suit les règles de conjugaison de tous les autres verbes lexicaux anglais*.
Pour la conjugaison des verbes lexicaux à tous les temps, se reporter au chapitre consacré aux temps de l'anglais.

* Le verbe « to be » ne s'emploie pas aux formes continues (présent continu, prétérit continu...).
On peut néanmoins utiliser la forme continue – forme en « be + -ing » – pour parler du comportement actuel de quelqu'un.

    Ex. : You're being selfish.   *Tu te comportes de façon égoïste*
                                   (au moment où l'on parle).

De plus, lorsque « be » s'emploie comme auxiliaire du passif, il peut se mettre à la forme continue.

    Ex : They're being watched.   *On les regarde.*

b) Conjugaison du verbe « to be » au présent simple et au prétérit simple

Si le verbe « to be » se conjugue à tous les temps, comme tout autre verbe lexical, il se distingue de ces derniers en ce sens qu'il a sa propre conjugaison au présent et au prétérit.
En effet, au présent simple et au prétérit simple, la conjugaison de « to be » ne suit pas les règles de conjugaison qui s'appliquent aux autres verbes anglais.

Il est donc essentiel de connaître les formes de « to be » au présent et au prétérit et de ne pas les confondre avec celles de tous les autres verbes anglais.
En dehors de ces deux temps, « to be » se conjugue à tous les temps comme les autres verbes lexicaux mais il ne s'emploie quasiment jamais à la forme continue (forme en be + -ing).

Verbe « to be » au présent simple :

FORMES PLEINES   FORMES CONTRACTÉES

AFFIRMATION

I am   I'm
You are   You're
He / She / It is   He / She / It's

We are   We're
You are   You're
They are   They're

Traduction :
Je suis, tu es, etc.

NÉGATION

I am not   I'm not
You are not   You aren't / You're not
He / She / It is not   He / She / It isn't / He / She / It's not

We are not   We aren't / We're not
You are not   You aren't / You're not
They are not   They aren't / They're not

Traduction :
Je ne suis pas, tu n'es pas, etc.

INTERROGATION

Am I... ?
Are you ?
Is he / she / it... ?

Are we... ?
Are you... ?
Are they... ?

Traduction :
Suis-je... ? ou *Est-ce que je suis... ?,* etc.

INTERRO-NÉGATION

Am I not... ?   Aren't I... ?
Are you not... ?   Aren't you... ?
Is he / she / it not... ?   Isn't he / she / it... ?

Are we not... ?   Aren't we... ?
Are you not... ?   Aren't you... ?
Are they not... ?   Aren't they... ?

Traduction :
Ne suis-je pas... ? ou *Est-ce que je ne suis pas... ?,* etc.

I. Les auxiliaires : be

Verbe « to be » au prétérit simple :

FORMES PLEINES   FORMES CONTRACTÉES

AFFIRMATION

I was
You were
He / She / It was

We were
You were
They were

Traduction :
J'étais, j'ai été, je fus, etc.

Remarque :
Le prétérit est le temps de base pour parler du passé.
Il peut correspondre, en français, à un imparfait, à un passé composé
ou à un passé simple.

NÉGATION

I was not	I wasn't
You were not	You weren't
He / She / It was not	He / She / It wasn't
We were not	We weren't
You were not	You weren't
They were not	They weren't

Traduction :
Je n'étais pas, je n'ai pas été, je ne fus pas, etc.

INTERROGATION

Was I... ?
Were you... ?
Was he / she / it... ?

Were we... ?
Were you... ?
Were they... ?

Traduction :
Étais-je... ? ou *Est-ce que j'étais... ? / Ai-je été... ?* ou *Est-ce que j'ai été... ?
/ Est-ce que je fus... ?,* etc.

INTERRO-NÉGATION

Was I not... ?	Wasn't I... ?
Were you not... ?	Weren't you... ?
Was he / she / it not... ?	Wasn't he / she / it... ?

Were we not... ?	Weren't we... ?
Were you not... ?	Weren't you... ?
Were they not... ?	Weren't they... ?

Traduction :
N'étais-je pas... ? ou Est-ce que je n'étais pas... ? / N'ai-je pas été... ? ou Est-ce que je n'ai pas été... ? / Ne fus-je pas... ? ou Est-ce que je ne fus pas... ?, etc.

c) Les phrases interrogatives et négatives avec « to be »

« To be » est le seul verbe anglais à pouvoir se passer d'auxiliaire dans les phrases interrogatives et négatives.
En effet, pour formuler une question avec « to be », il suffit d'inverser le sujet et le verbe.

    Ex. : **Is he Korean ?**   *Est-il coréen ?*

À la forme négative, le verbe « to be » porte la négation.

    Ex. : **He isn't from Paris.**   *Il n'est pas de Paris.*

Avec tous les autres verbes lexicaux, la présence d'un auxiliaire à la forme interrogative et négative est obligatoire.

3. Emplois du verbe « to be »

a) Traduction de « to be » en français

Le verbe « to be » correspond généralement au verbe « être » français mais, dans certaines expressions, il se traduit par le verbe « avoir ».

Les expressions les plus courantes sont :

Avoir faim, soif	to be hungry, thirsty
Avoir froid, chaud	to be cold, warm / hot
Avoir peur (de)	to be afraid (of)
Avoir sommeil	to be sleepy
Avoir raison, tort	to be right, wrong
Avoir de la chance	to be lucky
Ne pas avoir de chance	to be unlucky
Avoir 15 / 20 / etc. ans	to be 15 / 20 /, etc.
Avoir honte	to be ashamed
Avoir le vertige	to be dizzy / giddy
Avoir mal au cœur	to be sick

Notez que pour l'**âge**, on peut dire indifféremment :
« I'm twenty » ou « I'm twenty years old » : « *J'ai 20 ans* »
Attention à ne pas dire ou écrire :
« I'm twenty years » ou encore « I have twenty years » qui sont des fautes.

I. Les auxiliaires : be

b) « To be » et la mesure

Le verbe « to be » s'emploie souvent pour « mesurer », « évaluer » par la mesure, des éléments tels qu'une longueur, un volume mais aussi un état de santé, le temps qu'il fait, etc.

En effet, on l'utilise notamment pour parler de la **dimension** (taille, longueur, largeur, hauteur, profondeur, etc.), du **poids**, de la **distance**, de la **température** et de la **santé** :

La dimension :

Ex. : I'm 1,65 m.	*Je mesure 1,65 mètre.*
It's 2 m long.	*Ça fait 2 mètres de long.*
It's 1 m large.	*Ça fait 1 mètre de large.*
It's 3,5 m high.	*Ça fait 3,5 mètres de haut.*
It's 5 m deep.	*Ça fait 5 mètres de profondeur.*

Le poids :

Ex. : I'm 85 kilos.	*Je pèse 85 kilos.*

La distance :

Ex. : It's 2 km from here.	*C'est à 2 km d'ici.*

La température :

Ex. : It's sunny today.	*Il y a du soleil aujourd'hui.*

La santé :

Ex. : How are you ?	*Comment vas-tu (allez-vous) ?*
I'm fine, thank you.	*Je vais bien, merci.*

c) « To be » suivi d'un infinitif : « to be to... »

« To be » suivi d'un infinitif, **« to be to... »**, exprime l'idée d'une action qui doit se produire (parce qu'elle a été projetée, parce qu'elle est imposée, parce qu'elle est souhaitable, parce que le destin en a décidé ainsi, etc.).

On emploie « to be + infinitif... » surtout dans la langue écrite.

- On peut utiliser **« am, are, is + to... »** :
  Ex. : The Queen is to visit France next month.
  La reine fera une visite en France le mois prochain. (C'est prévu.)

  We are to spend a week in Rome.
  Nous devons passer une semaine à Rome. (C'est convenu.)

- On peut utiliser **« was, were + to... »** :
  Ex. : He was to die at the age of twenty.
  Il devait mourir à l'âge de vingt ans. (Décision du destin.)

They **were to become** teachers in those days.
À cette époque-là, ils (elles) devaient devenir professeurs. (Ils/elles avaient projeté de le devenir...)
Dans cet exemple, on rapporte quels étaient leurs projets à cette époque, sans préciser s'ils ont été ou non réalisés.

• Pour indiquer que l'action ne s'est pas réalisée, on emploie **l'infinitif passé** :
Ex. : She **was to have started** last month, but she changed her mind.
Elle devait commencer le mois dernier, mais elle a changé d'avis.

• L'expression **« You're (not) to... »** est souvent utilisée pour donner des ordres, surtout aux enfants.
Ex. : You're to go to bed now, you're not to watch TV.
Tu vas te (vous allez vous) coucher maintenant, tu n'es (vous n'êtes) pas censé(s) regarder la télévision.

• **« To be due to... »** exprime ce qui doit normalement arriver, sauf imprévu.
L'idée est proche de « to be to... », mais dans une langue plus simple. On emploie souvent « to be due to... » avec des verbes comme : « to arrive » (« *arriver* »), « to leave » (« *partir* »), « to start » (« *commencer* »), « to land » (« *atterrir* »).
Ex. : They **are due to arrive** on March 1st.
Ils (Elles) doivent arriver le 1er mars.

d) « To be able to... »

« To be able to... » (« *être capable de* », « *pouvoir* », « *savoir faire quelque chose* ») est une expression qui existe à tous les temps et qui peut remplacer l'auxiliaire modal « can ».
Ex. : She's **able to** speak many languages.
Elle est capable de (Elle peut / Elle sait) parler plusieurs langues.

I hope I'll **be able to** see her.
J'espère que je pourrai la voir.

e) « To be allowed to... »

« To be allowed to... » (« *avoir le droit de / la permission de* ») est une expression qui existe à tous les temps et qui peut aussi remplacer l'auxiliaire modal « can ».
Ex. : Minors **aren't allowed to** drive cars.
Les mineurs n'ont pas le droit de conduire.

Smoking **isn't allowed** in buses.
Il est interdit de fumer dans les bus.

Remarque :
À la forme active, il existe le verbe « to allow », qui signifie « *permettre* ».

I. Les auxiliaires : be

f) « To be born »
« Naître » se traduit en anglais par « to be born » (structure passive).
Cette expression existe à tous les temps mais c'est au prétérit qu'elle est
le plus souvent employée.

Ex. : I was born in 1971.
Je suis né(e) en 1971. Attention à ne pas dire : « I am born... ».

The baby will be born in June.
Le bébé naîtra en juin.

g) « Been » et « gone »
Il ne faut pas confondre « been » et « gone ».
Tous deux participes passés, « be, was / were, **been** : être » et « go,
went, **gone** : aller », ils n'ont pas le même emploi ; pourtant, ils traduisent tous les deux le participe passé français *(être)* ***allé***.

Ex. : She's been to Italy.
Elle est allée en Italie (et elle est revenue).

She's gone to Italy.
Elle est allée en Italie (et elle y est encore).

h) « To be going to... »
« To be going to... » s'emploie pour exprimer soit une intention, soit une
conviction.

Ex. : I'm going to see him next week.
Je vais le voir la semaine prochaine. (C'est mon intention.)

It's going to rain.
Il va pleuvoir. (C'est ma conviction.)

Ces deux exemples contiennent une idée de futur.
« To be going to... » sert à exprimer l'avenir.

i) Autres constructions avec « to be »
- **« To be likely to... »** : *Il est bien possible que...*
  Ex. : He is likely to win.   *Il est bien possible qu'il gagne.*
                                      Il a de fortes chances de gagner.
                                      Il risque de gagner.

- **« To be sure to / that... »** : *Il est sûr / certain que...*
  Ex. : It's sure that she will come. *Il est sûr qu'elle viendra.*

- **« To be bound to... »** :
  – être obligé / tenu de...
  Ex. : I am bound to confess.   *Je suis obligé(e) / tenu(e) d'avouer.*
  – être sûr / certain de...
  Ex. : It is bound to rain.   *Il va sûrement pleuvoir.*
                                      Il ne peut pas manquer de pleuvoir.

22

- **« To be liable to... »** : être *susceptible de..., risquer de..., avoir des chances de...*
  Ex. : He's likely to refuse to do it.   *Il est susceptible de refuser de le faire.*
  Il risque de refuser de le faire.

- **« To be apt to... »** : être *enclin, porté, disposé à..., être susceptible de...*
  Ex. : He is apt to be late.   *Il a tendance à être en retard.*
  Il est susceptible d'être en retard.

- **« To be used to + V-ing »** : être *habitué à ..., avoir l'habitude de...*
  Ex. : I'm not used to driving.   *Je n'ai pas l'habitude de conduire.*
  Je ne suis pas habitué(e) à conduire.

j) There is / There are : « Il y a... »

« To be », précédé de « There », forme une expression qui correspond au français « *Il y a, il y avait, il y aura...* », selon le temps utilisé. Contrairement au français, la construction est variable en nombre. « There » peut être suivi du singulier ou du pluriel selon le cas.

SINGULIER	PLURIEL
AFFIRMATION :	
There is a letter box at the corner.	There are two letters for you.
Il y a une boîte aux lettres au coin.	*Il y a deux lettres pour toi.*
INTERROGATION :	
Is there any ham ?	Are there any tomatoes ?
Y a-t-il du jambon ?	*Y a-t-il des tomates ?*
NÉGATION :	
There isn't any milk.	There aren't any eggs.
There is no milk.	There are no eggs.
Il n'y a pas de lait.	*Il n'y a pas d'œufs.*

On remarque que le français « *Il y a* » ne varie pas en nombre et traduit tantôt « There is », tantôt « There are ».

La construction « there + be conjugué » existe à tous les temps :

Quelques exemples :

Au prétérit :

There was a policeman in the street.	*Il y avait un policier dans la rue.*
There were lots of cars in the street.	*Il y avait beaucoup de voitures dans la rue.*

I. Les auxiliaires : have

Au futur :

Tomorrow there will be snow in England.	*Demain il y aura de la neige en Angleterre.*

Au present perfect :

There have not been many visitors today.	*Il n'y a pas eu beaucoup de visiteurs aujourd'hui.*

Cette construction peut aussi se combiner avec les auxiliaires de modalité (avec l'auxiliaire « will » ci-dessus).

Autres exemples :

There **must** be some milk in the fridge.	*Il doit y avoir du lait dans le frigidaire.*
There **may** not be any seats left.	*Il se peut qu'il ne reste plus de places disponibles.*

2) HAVE

Tout comme « be », **« have »** est utilisé tantôt comme **auxiliaire**, tantôt comme **verbe**.

Il est donc très important de connaître et savoir distinguer ses emplois et conjugaisons en tant qu'auxiliaire et en tant que verbe.

Son double statut d'auxiliaire et de verbe est sa principale originalité car, à la différence du verbe « to be », le verbe « to have » suit les règles de conjugaison des verbes anglais et se construit à la forme négative et interrogative comme tous les verbes lexicaux.

Le verbe « to have » est donc plus simple et moins atypique que le verbe « to be ».

1. L'auxiliaire « have »

> **Rappel :**
> Les auxiliaires « be », « have » et « do » sont **des outils qui servent à la conjugaison des verbes**. Comme tous les auxiliaires, ils peuvent **se contracter** ; ce sont eux qui **portent la négation**, qui **se déplacent dans les questions** et ils sont **toujours associés à un verbe lexical**.

a) *Emplois de l'auxiliaire « have »*

L'auxiliaire « have » s'utilise pour **conjuguer les verbes lexicaux** :

- *au present perfect (have + participe passé)*
  Ex. : I have eaten.   *J'ai mangé.*

- *au past perfect (had + participe passé)*
  Ex. : I had eaten.   *J'avais mangé.*

b) Conjugaisons de l'auxiliaire « have »

Un auxiliaire étant toujours associé à un verbe lexical, l'auxiliaire « have » est conjugué ci-dessous avec le verbe « to work » (« travailler »), que l'on pourrait remplacer par n'importe quel autre verbe lexical.

Sans le verbe lexical auquel il est associé, on ne peut pas traduire un auxiliaire.

Auxiliaire « have » au present perfect :

FORMES PLEINES

AFFIRMATION

I have worked
You have worked
He / She / It has worked

We have worked
You have worked
They have worked

FORMES CONTRACTÉES

I've worked
You've worked
He / She / It's worked

We've worked
You've worked
They've worked

Traduction :
J'ai travaillé, etc. / Je travaille, etc.

Remarque :
Le present perfect peut correspondre en français à un passé composé ou à un présent (quand il est utilisé avec « for » et « since » notamment).

NÉGATION

I have not worked
You have not worked
He / She / It has not worked

We have not worked
You have not worked
They have not worked

I haven't worked
You haven't worked
He / She / It hasn't worked

We haven't worked
You haven't worked
They haven't worked

Traduction :
Je n'ai pas travaillé, etc. / Je ne travaille pas, etc.

INTERROGATION

Have I worked ?
Have you worked ?
Has he / she / it worked ?

Have we worked ?
Have you worked ?
Have they worked ?

Traduction :
Ai-je travaillé ? ou *Est-ce que j'ai travaillé ?*, etc. / *Est-ce que je travaille... ?*, etc.

I. Les auxiliaires : have

Have I not worked ?   Haven't I worked ?
Have you not worked ?   Haven't you worked ?
Has he / she / it not worked ?   Hasn't he / she / it worked ?

Have we not worked ?   Haven't we worked ?
Have you not worked ?   Haven't you worked ?
Have they not worked ?   Haven't they worked ?

Traduction :
N'ai-je pas travaillé ? ou Est-ce que je n'ai pas travaillé ?, etc. / Est-ce que je ne travaille pas... ?, etc.

Notes :
1. Quand « have » est verbe (le verbe « to have » ; cf. page 27), il se conjugue à tous les temps comme un verbe ordinaire, avec les auxiliaires « do », « does », « did » aux formes interrogative et négative.
2. La forme interro-négative non contractée (« Have I not... ? ») est rare en anglais parlé.
3. Il existe une forme contractée « ain't » qui peut remplacer toutes les formes négatives de « have » et de « be » au présent.(« ain't » = « haven't », « hasn't », « aren't », « isn't », etc.). (Cf. pages 9 à 12.) « Ain't » appartient plutôt au langage oral, familier.
4. « Be » et « have » ont en commun la forme contractée « 's » (cf. page 10).
En contexte, le sens de « 's » est toujours clair.

> Ex. : She's got a brand new car.   *Elle a une voiture toute neuve.*
>
> He's a pilot.   *Il est pilote.*

Auxiliaire « have » au past perfect :

FORMES PLEINES   FORMES CONTRACTÉES

I had worked   I'd worked
You had worked   You'd worked
He / She / It had wor-
ked   He / She / It'd worked

We had worked   We'd worked
You had worked   You'd worked
They had worked   They'd worked

Traduction :
J'avais travaillé, etc. / Je travaillais, etc.

Remarque :
Le past perfect correspond généralement en français à un plus-que-

parfait mais aussi parfois à un imparfait (quand il est employé avec « for » et « since » notamment).

NÉGATION

I had not worked	I hadn't worked
You had not worked	You hadn't worked
He / She / It had not worked	He / She / It hadn't worked
We had not worked	We hadn't worked
You had not worked	You hadn't worked
They had not worked	They hadn't worked

Traduction :
Je n'avais pas travaillé, etc. / Je ne travaillais pas, etc.

INTERROGATION

Had I worked ?
Had you worked ?
Had he / she / it worked ?

Had we worked ?
Had you worked ?
Had they worked ?

Traduction :
Avais-je travaillé... ? ou Est-ce que j'avais travaillé... ?, etc. / Travaillais-je... ? ou Est-ce que je travaillais... ?, etc.

INTERRO-NÉGATION

Had I not worked ?	Hadn't I worked ?
Had you not worked ?	Hadn't you worked ?
Had he / she / it not worked ?	Hadn't he / she / it worked ?
Had we not worked ?	Hadn't we worked ?
Had you not worked ?	Hadn't you worked ?
Had they not worked ?	Hadn't they worked ?

Traduction :
N'avais-je pas travaillé ? ou Est-ce que je n'avais pas travaillé ?, etc. / Ne travaillais-je pas... ? ou Est-ce que je ne travaillais pas... ?, etc.

2. Le verbe « to have »

Rappel :
Contrairement aux auxiliaires, les verbes (« to be » mis à part) se conjuguent à tous les temps, n'ont pas de formes contractées et font appel à des auxiliaires à la forme interrogative et négative.

I. Les auxiliaires : have

a) Le verbe lexical « to have »

- Quand « have » est utilisé comme verbe lexical (et non comme auxiliaire), il exprime souvent la possession (« avoir », « posséder » en français) mais il a d'autres sens et d'autres emplois (cf. pages 30 à 34).
- Le verbe « to have » se conjugue à tous les temps et aux formes continues (forme en be + -ing) ; en revanche, il ne s'emploie pas aux formes continues quand il exprime la possession.
  Pour connaître la conjugaison des verbes lexicaux à tous les temps, se reporter au chapitre consacré aux temps de l'anglais.
- En tant que verbe, « to have » est toujours employé à la forme pleine, jamais à la forme contractée.
- Alors que l'auxiliaire est obligatoirement suivi d'un verbe lexical, le verbe « to have » est généralement suivi d'**un groupe nominal** :
  Ex. : She has two sisters.   *Elle a deux sœurs.*
- Le verbe « to have » est **un verbe irrégulier** :

Base verbale	Prétérit	Participe passé
have	had	had

- Son participe présent est « having ».
- Les formes de « to have » à l'impératif sont « Have.... ! » (impératif affirmatif) et « Don't have... ! » (impératif négatif).
- Enfin, comme tout autre verbe lexical (sauf « to be »), le verbe « to have » fait toujours appel aux auxiliaires « do, does, did » dans les phrases négatives et interrogatives au présent simple et au prétérit simple.
  Ex. : He has a sister.   *Il a une sœur.*

  He doesn't have any brothers.   *Il n'a pas de frères.*

  Does he have any cousins ?   *A-t-il des cousins ?*

b) « to have » et « have got »

Au présent, on exprime davantage la possession, en anglais britannique, par « have got » plutôt que par « to have ».

- Il existe deux façons d'exprimer la possession au présent en anglais : **« to have »** et **« have got »**.
  Ex. : *J'ai deux sœurs.* | I **have** two sisters. / I'**ve got** two sisters.

En anglais britannique, il est plus rare d'employer la forme pleine du verbe « to have » pour exprimer la possession ; on préfère souvent les formes de « have got », en particulier à l'oral.

En anglais américain, on utilise couramment le verbe « to have » pour exprimer la possession, à l'oral comme à l'écrit.

- Quand on utilise « have got », « have » joue le rôle d'auxiliaire.
  Il est alors toujours suivi de « got » (qui est invariable).

• Attention, **« have got »** ne s'emploie qu'au **présent** (et parfois au passé) tandis que le verbe **« to have »** s'emploie à **tous les temps**.

Exemples du verbe « to have » conjugué à d'autres temps qu'au présent :

Au prétérit :
>   Ex. : I had a new computer when I was eighteen.
>   *J'ai eu un nouvel ordinateur à l'âge de dix-huit ans.*

On trouve parfois « have got » au prétérit :
>   Ex. : I'd got a new computer when I was eighteen.

Au present perfect :
>   Ex. : He's had an accident recently.
>   *Il a eu un accident récemment.*

Au futur :
>   Ex. : I'll have more time when I stop working.
>   *J'aurai plus de temps quand j'arrêterai de travailler.*

Remarque :
Le verbe « to have » n'exprime pas toujours la possession ; il n'a pas toujours le sens des verbes « *avoir* » ou « *posséder* ».
En effet, « to have » a d'autres emplois que la possession et d'autres traductions que celle du verbe « avoir » (cf. pages 30 à 34).
Il correspond souvent notamment au verbe « *prendre* » en français.
>   Ex. : **to have** a shower, a bath, etc. / **prendre** *une douche, un bain, etc.*

Inversement, le verbe « *avoir* » ne correspond pas toujours en anglais au verbe « to have ».
>   Ex. : **avoir** *30 ans* / **to be** 30 years old

Attention, « to have » ne s'emploie pas aux formes continues (be + -ing) quand il exprime **la possession**.
Quand il est conjugué aux formes continues, il a d'autres sens que celui des verbes « *avoir* » ou « *posséder* ».
>   Ex. : I'm having a shower.   *Je prends une douche.*

Conjugaison du verbe « to have » et de « have got » au présent :

Avoir	To have	Have got
AFFIRMATION :		
J'ai	I have	I've got
Tu as	You have	You've got
Il / Elle a	He / She / It has	He / She / It's got
Nous avons	We have	We've got
Vous avez	You have	You've got
Ils / Elles ont	They have	They've got

I. Les auxiliaires : have

NÉGATION :

Je n'ai pas	I don't have	I haven't got
Tu n'as pas	You don't have	You haven't got
Il / Elle n'a pas	He / She / It doesn't have	He / She / It hasn't got
Nous n'avons pas	We don't have	We haven't got
Vous n'avez pas	You don't have	You haven't got
Ils / Elles n'ont pas	They don't have	They haven't got

INTERROGATION :

Est-ce que j'ai... ?	Do I have... ?	Have I got... ?
Est-ce que tu as... ?	Do you have... ?	Have you got... ?
Est-ce qu'il / elle a... ?	Does he / she / it have... ?	Has he / she / it got... ?
Est-ce que nous avons... ?	Do we have... ?	Have we got... ?
Est-ce que vous avez... ?	Do you have... ?	Have you got... ?
Est-ce qu'ils / elles ont... ?	Do they have... ?	Have they got... ?

INTERRO-NÉGATION :

Est-ce que je n'ai pas... ?	Don't I have... ?	Haven't I got... ?
Est-ce que tu n'as pas... ?	Don't you have... ?	Haven't you got... ?
Est-ce qu'il / elle n'a pas... ?	Doesn't he / she / it have... ?	Hasn't he / she / it got... ?
Est-ce que nous n'avons pas... ?	Don't we have... ?	Haven't we got... ?
Est-ce que vous n'avez pas... ?	Don't you have... ?	Haven't you got... ?
Est-ce qu'ils / elles n'ont pas... ?	Don't they have... ?	Haven't they got... ?

3. Emplois du verbe « to have »

a) Expressions avec « to have »

Le verbe « to have » peut souvent signifier « avoir » ou « posséder », mais il existe un grand nombre d'expressions idiomatiques dans lesquelles « to have » a un sens différent.

Parmi les expressions les plus courantes, on trouve :

To have breakfast, lunch, dinner : *prendre son petit déjeuner, déjeuner, dîner*

To have a wash, a shave : *se laver, se raser*

To have a bath, a shower : *prendre un bain, une douche*

To have a swim : *se baigner*

To have a holiday : *passer des vacances*

To have a good holiday : *passer de bonnes vacances*

To have a picnic : *faire un pique-nique*

To have a cup of tea, a drink : *prendre une tasse de thé, boire un verre*

To have a try : *faire un essai*

To have a walk : *faire une promenade*

To have a nervous breakdown : *faire une dépression nerveuse*

To have a dream, a nightmare : *faire un rêve, un cauchemar*

To have a rest : *se reposer*

To have a look at : *jeter un coup d'œil à*
To have a good time : *bien s'amuser*
To have a word with : *dire quelques mots à*
To have a cold*, the flu*, a headache* : *avoir un rhume, la grippe, mal à la tête*
To have an idea* : *avoir une idée*
To have some work to do* : *avoir du travail à faire*
To have some trouble with* : *avoir des problèmes avec*

* *Dans ces cas précis, « to have » ayant le sens d'« avoir », on peut aussi utiliser « have got » au présent.*

b) « Have to »
• La construction « **have to** » exprime l'obligation et se conjugue à tous les temps.
On traduit souvent « **have to** » par « *devoir* », « *falloir* » ou « *être obligé de* ».
   Ex. : I have to wear glasses.
        Il faut que je porte des lunettes. / Je dois porter des lunettes. / Je suis obligé(e) de porter des lunettes.

• Au présent (seulement), on peut utiliser l'auxiliaire modal **« must »** ou **« have to »** pour exprimer une obligation.
« Must » s'emploie pour imposer une obligation, pour exprimer un ordre ou une interdiction (must not / mustn't) tandis que « have to » exprime davantage une obligation imposée par des circonstances extérieures.

Comparez :
You **must** wake up at 6 tomorrow.
Tu dois te lever (Vous devez vous lever) à 6 heures demain.
« You » reçoit l'ordre de se lever à 6 heures.

Remember ! You **have to** wake up at 6 tomorrow.
Rappelle-toi, tu dois te lever à 6 heures demain. / Rappelez-vous, vous devez vous lever...
On rappelle à « You » qu'il est dans l'obligation de se lever à 6 heures pour une raison extérieure qui n'est pas donnée ici.

• Attention, **« must »** ne s'emploie qu'au **présent** tandis que **« have to »** se conjugue et existe à **tous les temps**.

Exemples à d'autres temps qu'au présent :
Au futur :
   I'll have to buy a new car soon.
   Il va bientôt falloir que je m'achète une nouvelle voiture.

I. Les auxiliaires : have

Au prétérit :

He had to wake up very early.
Il a fallu qu'il se lève très tôt.

- La forme négative de « have to » exprime une absence d'obligation tandis que la forme négative de « must » (must not / mustn't) exprime une interdiction.

  Ex. : They don't have to eat it.
  Ils (Elles) ne sont pas obligé(e)s de le manger (absence d'obligation).
  They mustn't eat it.
  Ils (Elles) ne doivent pas le manger (interdiction).

Rappel :

« Have » dans la construction « have to » est utilisé comme verbe (et non comme auxiliaire) ; aussi, les formes interrogative et négative de « have to » se construisent avec les auxiliaires « do, does » au présent et l'auxiliaire « did » au prétérit.

  Ex. : Did she have to walk to school ?
  Est-ce qu'il fallait qu'elle aille à l'école à pied ?

  She doesn't have to do the washing up every day.
  Elle n'est pas obligée de faire la vaisselle tous les jours.

c) « Had better »

La construction « had better » a une valeur de présent (malgré le prétérit de « had ») et s'emploie pour donner des conseils, parfois avec un sens très autoritaire.

« Had better » est suivi de la base verbale du verbe lexical utilisé.

« You had better... » se traduit généralement par « *Tu ferais mieux de... / Vous feriez mieux de...* ».

  Ex. : You had better hurry.
  Tu ferais (Vous feriez) bien de te (vous) dépêcher.

  You had better tell me the truth now.
  Tu ferais (Vous feriez) mieux de me dire la vérité maintenant (conseil qui peut être dit de façon très ferme).

  Hadn't he better come back later ?
  Ne ferait-il pas mieux de revenir plus tard ?

On peut utiliser « had better » sous sa forme contractée : « 'd better ».
  Ex. : You had better... / You'd better...

Attention à l'ordre des mots dans les phrases négatives.
La négation « not » se place après « better ».

Ex. : You'd better not listen to him.
Tu ferais (Vous feriez) mieux de ne pas l'écouter.

d) « Had rather »

« Had rather » a également un sens présent, malgré la forme passée de « had ».

On emploie davantage aujourd'hui l'expression « would rather » plutôt que « had rather », sans différence de sens.

Ces deux expressions apparaissent souvent sous la forme contractée **« 'd rather »** (« 'd » étant la contraction de « had » et de « would »).

« Had rather » ou « would rather » servent à exprimer la préférence.

On traduit généralement « I'd rather » par « *Je préférerais* », « *Je préfère* », « *J'aimerais mieux* », ou « *J'aime mieux* ».

Ex. : I'd rather stay here.   *Je préférerais rester ici.*

Would you rather travel by plane or by train ?
Préfères-tu (Préférez-vous) voyager en avion ou en train ?

On peut trouver aussi « would rather » suivi d'un **prétérit** ou d'un **past perfect** (et non de la base verbale comme précédemment) ; dans ce cas, il y a **deux sujets** différents.

Ex. : I'd rather he came tomorrow.
Je préférerais qu'il vienne demain.

I'd rather she hadn't told me.
J'aurais préféré qu'elle ne m'en parle pas.

e) Traduction de « Faire faire »

• Pour traduire la structure « *faire faire quelque chose* », par exemple, « *faire rire quelqu'un* » ou « *faire réparer quelque chose* », l'anglais dispose de deux structures différentes (là où le français n'en a qu'une), selon le sens actif ou passif de l'expression utilisée.

En effet, « faire rire quelqu'un » a un sens **actif** :
Ex. 1 : *Il a fait rire tout le monde.*
(Tout le monde a ri. C'est lui qui a fait rire tout le monde.)

En revanche, « faire réparer quelque chose » a un sens passif :
Ex. 2 : *Il a fait réparer sa montre.*
(Sa montre a été réparée. Ce n'est pas lui qui a réparé sa montre ; on lui a réparé.)

Quand, en français, le verbe qui suit « faire » a un sens **actif** (ex. : *faire rire*), on emploie en anglais **« to make somebody do something »**.

make + complément d'objet direct (COD) + base verbale

Ex. 1 : He made everybody laugh.
Il a fait rire tout le monde.

I. Les auxiliaires : do

Quand, en français, le verbe qui suit « *faire* » a un sens **passif** (ex. : *faire réparer*), on emploie en anglais **« to have (ou « to get ») something done »**.

> have (ou « get ») + complément d'objet direct (COD)
> + participe passé

Ex. 2 : He had his watch repaired. *Il a fait réparer sa montre.*
On peut dire aussi sans différence de sens :
He got his watch repaired.

- Pour traduire la construction « *faire faire quelque chose* **à quelqu'un** », en opérant une contrainte sur quelqu'un, en l'incitant ou l'obligeant à faire quelque chose, on utilise les deux structures suivantes : **« to make somebody do something »** ou **« to have somebody do something »**, c'est-à-dire :

> make ou have + complément d'objet indirect (COI) + base verbale

Ex. : Mary made him wash her car. *Mary lui a fait laver sa voiture.*

Mary had him wash her car. *Mary lui a fait laver sa voiture.*

On note que, très souvent, « make » exprime plus la contrainte que « have ».

3) Do

Tout comme « be » et « have », **« do »** est utilisé tantôt comme auxiliaire, tantôt comme verbe.
Il est donc très important de connaître et savoir distinguer ses emplois et conjugaisons en tant qu'auxiliaire et en tant que verbe.
Son double statut d'auxiliaire et de verbe est sa principale originalité et difficulté car, à la différence du verbe « to be », mais comme « to have », le verbe **« to do »** suit les règles de conjugaison des verbes anglais et se construit à la forme négative et interrogative comme tous les verbes lexicaux.

1. L'auxiliaire « do »

Rappel :
Les auxiliaires « be », « have » et « do » sont des **outils qui servent à la conjugaison des verbes**.
Comme tous les auxiliaires, ils peuvent **se contracter** ; ce sont eux qui **portent la négation**, qui **se déplacent dans les questions** et ils sont **toujours associés à un verbe lexical**.

a) Emploi de l'auxiliaire « do »

L'auxiliaire « do » a deux emplois ; il s'utilise pour conjuguer les verbes lexicaux, à la forme interrogative et négative, au présent simple et au prétérit simple.

Il apparaît dans les phrases interrogatives et négatives au présent simple et au prétérit simple sous des formes différentes :

- Dans les phrases interrogatives au présent simple, on utilise « do » et « does » à la 3e personne du singulier.

  Ex. : **Do** you like tea ?
  Est-ce que tu aimes (vous aimez) le thé ?

  Does he like tea ? (3e personne du singulier.)
  Est-ce qu'il aime le thé ?

- Dans les phrases négatives au présent simple, on utilise « don't » (ou « do not ») et « doesn't » (ou « does not ») à la 3e personne du singulier.

  Ex. : I **don't** like tea.
  Je n'aime pas le thé.

  He **doesn't** like tea. (3e personne du singulier.)
  Il n'aime pas le thé.

- Dans les phrases interrogatives au prétérit simple, on utilise « did » à toutes les personnes.

  Ex. : **Did** they like tea ?   *Est-ce qu'ils (elles) aimaient le thé ?*

- Dans les phrases négatives au prétérit simple, on utilise « didn't » (ou « did not ») à toutes les personnes.

  Ex. : They **didn't** like tea.   *Ils (Elles) n'aimaient pas le thé.*

Il arrive que les auxiliaires « do, does, did » apparaissent à la forme affirmative.

Il s'agit, dans ce cas, d'auxiliaires emphatiques ou de tags et autres auxiliaires de reprise.

  Ex. : He **does** work in a bank ! (« does » emphatique)
  Mais si, il travaille dans une banque !

  It's important to respect Nature and I always **do** (auxiliaire de reprise).
  Il est important de respecter la nature, ce que je fais toujours.

b) Conjugaisons de l'auxiliaire « do »

Un auxiliaire étant toujours associé à un verbe lexical, l'auxiliaire « do » est conjugué ici avec le verbe « to play » (« jouer »), que l'on pourrait remplacer par n'importe quel autre verbe lexical.

Sans le verbe lexical auquel il est associé, on ne peut pas traduire un auxiliaire.

I. Les auxiliaires : do

Remarque :

L'auxiliaire « do » sert essentiellement à la conjugaison des verbes aux formes négative et interrogative du présent simple et du prétérit simple, c'est pourquoi il n'apparaît pas à la forme affirmative dans les conjugaisons qui suivent pour éviter les risques de confusions entre « do » auxiliaire et « do » verbe.

En effet, quand « do » apparaît à la forme affirmative, il est la plupart du temps verbe et non auxiliaire.

Auxiliaire « do » au présent simple :

FORMES PLEINES   FORMES CONTRACTÉES

NÉGATION

I do not play   I don't play
You do not play   You don't play
He / She / It does not play   He / She / It doesn't play

We do not play   We don't play
You do not play   You don't play
They do not play   They don't play

Traduction :
Je ne joue pas, tu ne joues pas, etc.

INTERROGATION

Do I play... ?
Do you play... ?
Does he / she / it play... ?

Do we play... ?
Do you play... ?
Do they play... ?

Traduction :
Est-ce que je joue... ?, etc.

INTERRO-NÉGATION

Do I not play... ?   Don't I play... ?
Do you not play... ?   Don't you play... ?
Does he / she / it not play... ?   Doesn't he / she / it play... ?

Do we not play... ?   Don't we play... ?
Do you not play... ?   Don't you play... ?
Do they not play... ?   Don't they play... ?

Traduction :
Est-ce que je ne joue pas... ?, etc.

Auxiliaire « do » au prétérit simple :

FORMES PLEINES   FORMES CONTRACTÉES

NÉGATION

I did not play   I didn't play
You did not play   You didn't play
He / She / It did not play   He / She / It didn't play

We did not play   We didn't play
You did not play   You didn't play
They did not play   They didn't play

Traduction :
Je ne jouais pas / Je n'ai pas joué / Je ne jouai pas, etc.

Remarque :
Le prétérit est le « temps de base » pour parler du passé. Il peut correspondre à un imparfait, un passé composé ou un passé simple.

INTERROGATION

Did I play... ?
Did you play... ?
Did he / she / it play... ?

Did we play... ?
Did you play... ?
Did they play... ?

Traduction :
Est-ce que je jouais... ? / Est-ce que j'ai joué... ? / Est-ce que je jouai... ?, etc.

INTERRO-NÉGATION

Did I not play... ?   Didn't I play... ?
Did you not play... ?   Didn't you play... ?
Did he / she / it not play... ?   Didn't he / she / it play... ?

Did we not play... ?   Didn't we play.... ?
Did you not play... ?   Didn't you play... ?
Did they not play... ?   Didn't they play... ?

Traduction :
Est-ce que je ne jouais pas... ? / Est-ce que je n'ai pas joué... ? / Est-ce que je ne jouai pas... ?, etc.

I. Les auxiliaires : do

2. Le verbe « to do »

> **Rappel :**
> Contrairement aux auxiliaires, les verbes (« to be » mis à part) se conjuguent à tous les temps, n'ont pas de formes contractées et font toujours appel à des auxiliaires à la forme interrogative et négative.

a) Le verbe lexical « to do »

- Quand « do » est utilisé comme verbe lexical (et non comme auxiliaire), il a la plupart du temps le sens du verbe français « *faire* ».

- Le verbe « to do » se conjugue à tous les temps et aux formes continues (forme en be + -ing).
  Pour connaître la conjugaison des verbes lexicaux à tous les temps, se reporter au chapitre consacré aux temps de l'anglais.

- Lorsque « do » apparaît à la forme affirmative, il est verbe lexical (et non auxiliaire) sauf s'il s'agit d'un emploi emphatique de l'auxiliaire ou s'il est employé en tant que tag et autres auxiliaires de reprise.
  Comparez ces trois phrases affirmatives :
  Ex. 1 : verbe « to do »
  I always do my homework before dinner.
  Je fais toujours mes devoirs avant le dîner.

  Ex. 2 : emploi emphatique de l'auxiliaire « do »
  She does look tired.
  Elle a vraiment l'air fatiguée.

  Ex. 3 : emploi de l'auxiliaire « do » comme auxiliaire de reprise
  It's important to respect Nature and I always do.
  Il est important de respecter la nature ; ce que je fais toujours.
  Lorsque l'on veut éviter de répéter un verbe (ici « respect ») ou des éléments déjà cités, on les reprend par un auxiliaire.

- Comme tout autre verbe lexical (sauf « to be »), le verbe « to do » fait toujours appel aux auxiliaires « do, does, did » dans les phrases négatives et interrogatives au présent simple et au prétérit simple.
  Le verbe « to do » se conjugue donc :

  – avec l'auxiliaire « do » au présent simple :
  (« does » à la 3ᵉ personne du singulier)
  Ex. : What does he do at the weekend ?
  Que fait-il le week-end ?

  We don't do the shopping on Saturdays.
  Nous ne faisons pas les courses le samedi.

– avec l'auxiliaire « did » au prétérit simple :

Ex. : Did you do your homework yesterday ?
As-tu (Avez-vous) fait tes (vos) devoirs hier ?

He didn't do his room before going out.
Il n'a pas fait sa chambre avant de sortir.

• Le verbe lexical « to do » est un verbe irrégulier :

Base verbale	Prétérit	Participe passé
do	did	done

• Son participe présent est « doing ».

• Les formes de « to do » à l'impératif sont « Do... ! » (impératif affir-matif) et « Don't do... ! » (impératif négatif).

b) « Faire » : « to do » ou « to make » ?
Les deux verbes lexicaux, « to do » et « to make », signifient « *faire* » en français et il n'est pas toujours facile de choisir entre les deux.

• Quand on parle d'une activité, sans préciser laquelle, on utilise « to do » :

Ex. : Please, do it as quickly as you can !
S'il te plaît, fais-le aussi vite que tu le peux ! / S'il vous plaît, faites-le aussi vite que vous le pouvez.

What's she doing ?
Qu'est-ce qu'elle fait ? / Qu'est-ce qu'elle est en train de faire ?

• Quand on parle du travail, on emploie « to do » :

Ex. : What does she do in life ?
Quel est son métier dans la vie ?

• Les corvées menagères se traduisent avec « to do » :

To do the washing up	*faire la vaisselle*
To do the dishes	*faire la vaisselle*
To do the housework	*faire le ménage, des travaux ménagers*
To do the cleaning	*faire le ménage, nettoyer*
To do the cooking	*faire la cuisine*
To do the shopping	*faire les courses*

• Le verbe « to make » exprime une idée de création, de construction :

Ex. : She's made a delicious cake. *Elle a fait un gâteau délicieux.*
They are making a new plan. *Ils (Elles) font un nouveau plan.*

I. Les auxiliaires : do

- Il n'y a pas non plus toujours de règles précises et il existe un certain nombre d'expressions (plus courantes avec « to make » que « to do ») qu'il faut connaître :

To do business	*faire des affaires*
To do good / harm	*faire du bien / du mal*
To do a favour	*rendre service*
To do an exercise	*faire un exercice*
To do sport	*faire du sport*
To do one's best	*faire de son mieux*
To do a film	*tourner un film*
To do something again	*refaire quelque chose*
To do a play	*monter une pièce*
To do one's military service	*faire son service militaire*
To do a sum	*faire un calcul, une opération*
To do one's hair	*se coiffer*
To do a problem	*faire un problème*
To make an appointment with	*prendre rendez-vous avec*
To make an attempt	*faire un essai, une tentative*
To make a phone call	*passer un coup de fil*
To make a suggestion	*faire une suggestion*
To make arrangements	*faire des préparatifs*
To make an offer	*faire une offre*
To make a mistake	*faire une erreur*
To make a noise	*faire du bruit*
To make a decision	*prendre une décision*
To make love	*faire l'amour*
To make money	*gagner de l'argent*
To make a profit	*faire un bénéfice*
To make war	*faire la guerre*
To make a bed	*faire un lit*
To make enquiries	*enquêter*
To make an effort	*faire un effort*
To make an excuse	*trouver une excuse, un prétexte*
To make an exception	*faire une exception*
To make a list	*faire une liste*
To make the cards	*battre les cartes*
To make a bow (to somebody)	*faire un salut (à quelqu'un)*
To make a friend of somebody	*se faire un ami de quelqu'un*
To make it	*parvenir à, y arriver*

4) LES AUXILIAIRES MODAUX

Contrairement aux auxiliaires « be, have, do », les auxiliaires modaux, ou auxiliaires de modalité, ajoutent un sens au verbe avec lequel ils sont conjugués.

Si les premiers servent à la conjugaison des verbes lexicaux, ils n'ont pas de sens à proprement parler, ils ne traduisent pas une notion, une idée, ni une opinion.

Ce sont des marqueurs temporels et des instruments pour conjuguer les verbes à tous les temps et aux formes affirmative, négative et interrogative.
En effet, ils servent à la conjugaison des verbes lexicaux au présent (simple et continu), au prétérit (simple et continu), au present perfect (simple et continu), etc.

Les auxiliaires modaux, en revanche, sont porteurs de sens.

Ils ajoutent au verbe qu'ils accompagnent une notion supplémentaire, un jugement de la part de celui qui parle.
En effet, l'énonciateur (celui qui parle) grâce aux auxiliaires modaux, peut porter un jugement, donner un avis sur les chances de réalisation de ce qui est énoncé.

Exemples :

1. He is ill.   *Il est malade.*

L'énonciateur est sûr de ce qu'il dit. Il le sait de façon certaine.

2. He may be ill.   *Il se peut qu'il soit malade.*

L'énonciateur ne sait pas si le sujet est malade ou non, mais c'est un fait possible.

3. He must be ill.   *Il doit être malade.*

L'énonciateur n'est pas sûr non plus que le sujet soit malade, mais il rend le fait tout à fait **probable**. Il est presque sûr de ce qu'il dit.

Dans les exemples précédents, les modaux « may » et « must » ont permis à l'énonciateur de « modaliser » ses propos, de nuancer ce qu'il dit, en fonction de son degré de certitude.
À l'aide des auxiliaires modaux, l'énonciateur peut donc placer ce qu'il dit dans le **domaine du possible** (peu possible, possible, très possible...) ou du **probable** (peu probable, probable, très probable...).
Les modaux lui permettent aussi d'exprimer des notions telles que l'obligation, la nécessité, le conseil ou, au contraire, l'absence d'obligation, l'absence de nécessité, le reproche ou encore l'interdiction...
Les notions exprimées par les modaux sont nombreuses.
Bien les connaître et les comprendre est une nécessité pour comprendre et pouvoir s'exprimer en anglais.

I. Les auxiliaires : les auxiliaires modaux

La modalité existe aussi en français mais notre langue n'a pas d'équivalents de ces remarquables instruments que sont les modaux.

Néanmoins, on peut également « modaliser » en français grâce à :
- des verbes comme « *devoir* », « *falloir* » ou « *pouvoir* ».
  Ex. : *Il doit être malade. / Il faudrait que tu te couches plus tôt.*
- des adverbes de modalité comme « *probablement, sûrement, certainement, évidemment...* » (« probably, surely, certainly, evidently... » en anglais).
- des adjectifs de modalité comme « *probable, sûr, possible...* » (« probable, sure, possible... » en anglais).
- un mode verbal comme le subjonctif ou le conditionnel.
  Ex. : *Tu devrais te coucher plus tôt.* (conditionnel)
        Qu'elle règne longtemps sur nous ! (subjonctif)
- des expressions telles que « *Il se peut que..., Il faut que...* », etc.

1. Principes généraux sur les auxiliaires modaux

L'emploi des auxiliaires modaux répond à un certain nombre de règles :

a) Ils sont suivis de la base verbale du verbe qu'ils accompagnent.
  Ex. : I can swim.   *Je sais nager.*

b) Ils sont invariables ; ils ont la même forme à toutes les personnes (ils ne prennent pas de « s » à la 3ᵉ personne du singulier).
  Ex. : I can swim, you can swim, he can swim, she can swim...

c) Comme tous les auxiliaires, ils peuvent se contracter ; ce sont eux qui portent la négation*, qui se déplacent dans les questions et ils sont toujours associés à un verbe lexical.

d) Un auxiliaire modal n'est jamais suivi d'un autre auxiliaire modal ; c'est pourquoi, entre autres, on a recours à des verbes équivalents, appelés aussi substituts de modaux.

e) Un auxiliaire modal n'a pas d'infinitif, de participe présent et de participe passé.

* *Attention aux formes négatives suivantes :*

FORMES PLEINES	FORMES CONTRACTÉES
cannot	*can't*
shall not	*shan't*
will not	*won't*

2. Notions que peuvent exprimer les auxiliaires modaux

• Les notions que les auxiliaires modaux peuvent exprimer sont :
La capacité et l'incapacité, l'obligation et l'absence d'obligation, la possibilité et l'impossibilité, la permission et l'interdiction, l'éventualité et la probabilité, le futur, la volonté, le conseil, le reproche et le regret.

• Un auxiliaire modal peut avoir plusieurs sens :
Ex. : She **can** speak Russian very well. « Can », ici, exprime la capacité.
Elle parle très bien le russe. / Elle sait très bien parler le russe.

You **can** go out now. « Can », ici, exprime la permission.
Tu peux (Vous pouvez) sortir maintenant.

It **can** be too dangerous for her. « Can », ici, exprime la possibilité.
C'est peut-être trop dangereux pour elle.

• Inversement, une même notion peut être exprimée par plusieurs auxiliaires :
Ex. : **Can** I have a biscuit, please ?
Est-ce que je peux avoir un biscuit, s'il te (vous) plaît ?

Could I have a biscuit, please ?
Pourrais-je avoir un biscuit, s'il te (vous) plaît ?

May I have a biscuit, please ?
Est-ce que je peux (Puis-je...) avoir un biscuit, s'il te (vous) plaît ?

Dans les trois exemples ci-dessus, « may », « can » et « could » expriment tous les trois la demande de **permission.**
La demande est de plus en plus polie ; « May I... ? » est la formule la plus déférente.

3. Les verbes « équivalents » des auxiliaires modaux

Il existe un certain nombre de verbes qui recouvrent des notions similaires, voire identiques à celles exprimées par les auxiliaires de modalité, c'est pourquoi ils sont souvent interchangeables.
On appelle ces verbes les **équivalents** ou les **substituts des auxiliaires modaux**.

• On les utilise pour **deux raisons** :

soit pour des raisons grammaticales :

En effet, contrairement aux auxiliaires modaux, les verbes « équivalents » se conjuguent à tous les temps ; c'est pourquoi on a recours à ces verbes quand les auxiliaires modaux font défaut.

I. Les auxiliaires : les auxiliaires modaux

Certains auxiliaires modaux n'existent qu'au présent. Pour exprimer le passé ou le futur, on aura recours à un verbe équivalent.

Par exemple, on aura recours au verbe substitut « have to » (substitut du modal « must ») pour exprimer l'obligation à d'autres temps qu'au présent car le modal « must » n'existe qu'au présent.

Ex. : She had to stay in bed last week.
Elle a dû rester couchée la semaine dernière.

En outre, on ne peut pas employer deux auxiliaires modaux l'un à côté de l'autre. Aussi, pour exprimer deux notions en même temps, il faut utiliser un auxiliaire modal suivi d'un verbe équivalent.

Pour combiner, par exemple, la notion de futur et de possibilité dans la même phrase, on aura recours au modal « will » que l'on pourra associer au verbe substitut « be able to » (substitut des auxiliaires modaux « can » et « could »).

Il faut bien retenir qu'un auxiliaire modal n'est jamais suivi d'un autre auxiliaire modal (on ne peut pas dire « He will can... »).

Ex. : He will be able to come.   *Il pourra venir.*

soit pour des raisons de sens :

En effet, à la différence des modaux, ces verbes substituts n'expriment aucun jugement de la part de celui qui parle.

Les verbes équivalents permettent de donner des informations non personnalisées, plus proches de la constatation que du jugement personnel.

Avec un auxiliaire modal, l'énonciateur n'est jamais neutre ; il s'investit, s'implique dans ce qu'il dit.

En effet, il donne *son* jugement, *son* opinion, *choisit* d'exprimer une nuance de volonté, de refus, de reproche...

En conclusion, il faut savoir que les verbes « équivalents » des auxiliaires modaux se substituent donc souvent aux auxiliaires de modalité au passé et au futur et ont un sens presque équivalent au présent.

Tableau des verbes « équivalents » aux auxiliaires modaux :

Notion	Auxiliaire modal	Verbe « équivalent »
Capacité	can / could	be able to
Permission	can / could / may	be allowed to
Obligation	must	have to
Absence d'obligation	needn't	don't have to don't need to

I. Les auxiliaires : les auxiliaires modaux

Rappel des règles d'emploi des verbes et des auxiliaires :

En ce qui concerne la conjugaison des auxiliaires et des verbes (« substituts ») de modalité, il est essentiel de se souvenir des règles d'emploi des auxiliaires d'une part, et des verbes lexicaux d'autre part.

Les verbes utilisés comme substituts des auxiliaires modaux sont des verbes lexicaux qui, comme tout verbe lexical (« to be » mis à part), se conjuguent à tous les temps, n'ont pas de formes contractées et font appel à des auxiliaires à la forme interrogative et négative.

Ils font notamment appel, comme tout autre verbe lexical (sauf « to be ») aux auxiliaires « do, does et did » aux formes négative et interrogative du présent simple et du prétérit simple.

Les auxiliaires modaux, en revanche, n'existent qu'à certains temps et, comme tout auxiliaire, ils peuvent se contracter, ils portent la négation, se déplacent dans les questions et sont toujours associés à un verbe lexical.

Exemples d'emploi avec l'auxiliaire modal **« must »** et le verbe **« have to »** (substitut du modal « must »), expressions de **l'obligation** :

– **au présent**, on peut utiliser **« must »** ou **« have to »** avec quelques différences de sens.

Comparez :

AFFIRMATION :
He must take the bus to go to school.
Il doit absolument prendre le bus pour aller à l'école.

He has to take the bus to go to school.
Il doit prendre le bus pour aller à l'école.

INTERROGATION :
Must he take the bus to go to school ?
Est-ce qu'il est obligé de prendre le bus pour aller à l'école ?

Does he have to take the bus to go to school ?
Est-ce qu'il doit prendre le bus pour aller à l'école ?

NÉGATION :
He mustn't take the bus to go to school.
Il ne doit absolument pas prendre le bus pour aller à l'école.

He doesn't have to take the bus to go to school.
Il n'est pas obligé de prendre le bus pour aller à l'école.

– **au prétérit**, seul **« have to »** est possible.

AFFIRMATION :
He had to take the bus to go to school.
Il devait prendre le bus pour aller à l'école.

I. Les auxiliaires : les auxiliaires modaux

INTERROGATION :

Did he **have to** take the bus to go to school ?
Est-ce qu'il devait prendre le bus pour aller à l'école ?

NÉGATION :

He **didn't have to** take the bus to go to school.
Il n'était pas obligé de prendre le bus pour aller à l'école.

Cas particulier de « need » :

« Need » est considéré comme un semi-auxiliaire.
En effet, il peut être tantôt auxiliaire modal tantôt verbe lexical.

1. Comme auxiliaire modal, il s'utilise uniquement aux formes interrogative et négative :

À la forme interrogative, l'auxiliaire « need » a un sens voisin de « must » mais, avec « need », on espère plutôt une réponse négative.

   Ex. : **Need** she attend the conference ? No, she **needn't.**
       Faut-il vraiment qu'elle assiste à la conférence ? Non, ce n'est pas nécessaire.

À la forme négative, l'auxiliaire « need » exprime l'absence de nécessité.

   Ex. : He **needn't** come if he doesn't want to.
       Il n'est pas nécessaire qu'il vienne s'il n'en a pas envie.

2. Comme verbe lexical, il s'utilise dans tous les types de phrases (affirmatives, interrogatives et négatives) et fait appel, comme tous les verbes lexicaux (sauf « to be ») aux auxiliaires « do, does, did » à la forme interrogative et négative au présent simple et au prétérit simple.
Le verbe « to need » exprime **la nécessité** et **l'absence de nécessité à la forme négative** et se traduit souvent par « *avoir besoin de* ».

   Ex. : He **needs** to think of it before making a decision.
       Il a besoin d'y réfléchir avant de prendre une décision.

       He **needed** to see her before leaving.
       Il avait besoin de la voir avant de partir.

       What **do** you **need** ?
       De quoi as-tu (avez-vous) besoin ?

       He **doesn't need** anything.
       Il n'a besoin de rien.

Note :

« Dare » fonctionne comme « Need ».
En tant que verbe, « to dare » signifie « oser ».

I. Les auxiliaires : les auxiliaires modaux

Tableau des auxiliaires modaux et des verbes « équivalents » :

Notion exprimée	*Auxiliaire modal ou verbe « équivalent »*

Capacité / Incapacité :

Au présent : can / cannot (can't)
Ex. : She can speak Italian.   *Elle sait parler italien.*
She can't (cannot) help him.   *Elle ne peut pas l'aider.*

Au passé : could / could not (couldn't)
could est la forme passée de can.
Ex. : He could play the violin when he was a child.
Il savait jouer du violon quand il était enfant.

They couldn't (could not) go out alone.
Ils (Elles) ne pouvaient sortir seul(e)s.

À tous les temps : be able to / not be able to
Ex. : If you help me, I'll be able to finish on time.
Si tu m'aides (vous m'aidez), je pourrai finir à temps.

He's sorry, he hasn't been able to come.
Il est désolé, il n'a pas pu venir.

Permission :

Au présent : can
Ex. : You can stay out until 9 p.m.
Tu peux (Vous pouvez) rester dehors jusqu'à 21 heures.

Au présent : may
may marque davantage la déférence que can.
Ex. : He may go now.   *Il peut partir maintenant.*

À tous les temps : be allowed to
Ex. : We were allowed to see each other whenever we wanted.
Nous pouvions nous voir quand nous le voulions.

Demande de permission :

Au présent : can
Ex. : Can you help me, please ?
Peux-tu m'aider, s'il te plaît ? / Pouvez-vous m'aider, s'il vous plaît ?

Au passé : could
Ex. : Could I use the phone, please ?
Pourrais-je utiliser le téléphone, s'il te (vous) plaît ?

I. Les auxiliaires : les auxiliaires modaux

Au présent : may
> Ex. : May I borrow this book ?
> *Puis-je emprunter ce livre ?*

Au passé : would
> Ex. : Would you mind if I use your phone ?
> *Cela vous (te) dérange-t-il si j'utilise votre (ton) téléphone ?*

Dans les exemples ci-dessus, **la demande est de plus en plus polie.**

Interdiction / Refus de permission :

Au présent : must not (mustn't)
> Ex. : You mustn't park here.
> *Vous ne devez pas vous (Tu ne dois pas te) garer ici.*

> cannot (can't)
> Ex. : You can't stay here.
> *Vous ne pouvez pas (Tu ne peux pas) rester ici.*

> may not
> Ex. : Visitors may not take photographs.
> *Les visiteurs ne doivent pas prendre de photos.*

À tous les temps : be not allowed to
> Ex. : You are not allowed to feed the animals.
> *Vous ne devez pas nourrir les animaux.*

> We won't be allowed to see each other again.
> *Nous ne pourrons pas nous revoir.*

Obligation :

Au présent : must
> Ex. : You must work more.
> *Tu dois (Vous devez) travailler plus.*

> She said you must* be on time.
> *Elle a dit que tu dois (vous devez) être à l'heure.*

* Au discours indirect, « must » et « must not » sont compatibles avec le passé.

À tous les temps : have to
> Ex. : He has to* wear glasses.
> *Il doit porter des lunettes.*

> He will have to study more if he wants to be an engineer.
> *Il faudra qu'il travaille davantage s'il veut être ingénieur.*

They **had** to take the train.
Ils (Elles) ont dû prendre le train.

* Au présent, « have to » signifie surtout une obligation imposée par des circonstances extérieures.
Celui qui parle se contente de transmettre une information non personnelle.
Avec « must », celui qui parle donne un ordre ou interdit avec « mustn't » (cf. pages 31 et 32).

Absence d'obligation ou de nécessité :

Au présent : needn't
Ex. : He **needn't** come if he doesn't want to.
Il n'a pas besoin de venir s'il ne veut pas.

À tous les temps : don't need to / don't have to
Ex. : I didn't **need** to talk to her.
Je n'ai pas eu besoin de lui parler.

They **don't have** to pay for their tickets.
Ils (Elles) ne sont pas obligé(e)s de payer leur billet.

Expression de la volonté (ordre, refus) :

Au présent : will / will not (won't)
Ex. : **Will** you pay attention, please !
Voulez-vous être attentifs (attentives), s'il vous plaît ! / Veux-tu être attentif (attentive), s'il te plaît !

Stop that noise, **will*** you !
Arrêtez ce vacarme, voulez-vous ! / Arrête ce vacarme, veux-tu !

She **won't** do it.
Elle ne le fera pas.

* « Will » s'utilise aussi comme « tag » à l'impératif.

Au présent et au passé : would / would not (wouldn't)
Ex. 1 : **Would** you kindly help me down with my luggage ?
Auriez-vous (Aurais-tu) l'obligeance de m'aider à descendre mes bagages ?
Ex. 2 : I tried to show her that she was wrong but she **wouldn't*** listen to me.
J'ai essayé de lui montrer qu'elle avait tort, mais elle n'a pas voulu m'écouter.

* « Would » peut aussi exprimer le refus au passé.

I. Les auxiliaires : les auxiliaires modaux

Expression du conseil, du reproche :

Au présent : — should / should not (shouldn't)

Ex. : You should see that film.
Tu devrais (Vous devriez) voir ce film.

He shouldn't smoke so much.
Il ne devrait pas fumer autant.

— ought to / ought not to (oughtn't to)

1. Bien qu'il soit suivi de « to », « ought to » se comporte en tout point comme un auxiliaire modal.

Comme « should », « ought to » exprime le conseil ou le reproche.

Ex. : She ought to work more.
Elle devrait travailler plus.

She oughtn't to eat so much sugar.
Elle ne devrait pas manger autant de sucre.

2. Le conseil s'exprime aussi avec « had better » (cf. pages 32 et 33).

Propositions, suggestions :

Au présent : — shall*

* « *Shall* » *ne s'emploie qu'aux premières personnes du singulier (I) et du pluriel (We).*

Ex. : Shall I make the tea ?
Voulez-vous (Veux-tu) que je fasse le thé ?

Shall we go to the cinema tonight ?
Voulez-vous (Veux-tu) aller au cinéma ce soir ?

— will

Ex. : Will you have a glass of wine ?
Voulez-vous (Veux-tu) un verre de vin ?

— would

Ex. : Would you like a cup of tea ?
Veux-tu (Désires-tu) une tasse de thé ?

Expression du futur :

will / will not (won't)

Ex. : I hope you will succeed.
J'espère que tu réussiras (vous réussirez).

I'm afraid she won't like it.
Je crains que cela ne lui déplaise.

When I'm 18 years old, I'll (will) buy a car.
Quand j'aurai 18 ans, je m'achèterai une voiture.

De la probabilité à la quasi-certitude :

Au présent : — could
Ex. : There could be a storm tonight.
Il pourrait y avoir un orage ce soir.

— might
Ex. : He might be ill.
Il se pourrait qu'il soit malade.

— may
Ex. : He may be ill.
Il se peut qu'il soit malade.

— must / can't*
Ex. : He must be ill.
Il doit être malade.

It can't be 11 o'clock already.
Il ne peut pas être déjà 11 heures.

* « Must » et « can't » expriment ici la quasi-certitude.
*Dans les exemples précédents, on va du **probable** au **quasi-certain**.*

Possibilité / Impossibilité :

Au présent : can / cannot
Ex. : Anything can happen.
Tout peut arriver.

That can't be true.
Il est impossible que cela soit vrai.

You can't be serious.
Vous ne parlez (Tu ne parles) pas sérieusement.

À tous les temps : be able to / not be able to
Ex. : They'll (will) be able to come.
Ils (Elles) pourront venir.

He wasn't able to be on time because of the strike.
Il n'a pas pu être à l'heure à cause de la grève.

Habitude dans le passé :

Au passé : would
Ex. : We would go for a swim in the morning.
Nous allions habituellement nous baigner le matin.

I. Les auxiliaires : les auxiliaires modaux

Remarque :

Il ne faut pas confondre « would », appelé dans ce cas « would » fréquentatif, et « used to ».

Ils expriment tous deux un état ou une habitude du passé, mais « used to », à la différence de « would », exprime une rupture entre le passé et le présent, un état ou une habitude révolus.

   Ex. : We used to go for a swim in the morning (habitude révolue).
      Auparavant, nous allions nous baigner le matin.

      He used to be an architect (état révolu).
      Autrefois, il était architecte.

- II -

Les temps

Le système des temps est plus compliqué en anglais qu'en français, en particulier à cause de la notion d'aspect : aspect de la forme en « be + -ing » à tous les temps, aspect perfectif du present perfect et du pluperfect, aspect fréquentatif de « would », etc.

Comprendre et utiliser les temps de l'anglais nécessite une bonne compréhension de cette notion d'aspect (sur laquelle nous reviendrons souvent dans ce chapitre), une notion essentielle en anglais, qui n'est pas toujours nettement marquée en français, pourtant riche en temps.

Observons ces phrases :

Ils (Elles) ont joué au tennis hier. (passé composé)
They played tennis yesterday. (prétérit simple)

Ils (Elles) jouaient au tennis quand je suis arrivé(e). (imparfait)
They were playing tennis when I arrived. (prétérit continu)

Ils (Elles) ont joué au tennis pendant deux heures. (passé composé)
They've been playing tennis for two hours. (present perfect continu)

Le matin, ils (elles) jouaient au tennis. (imparfait)
In the morning, they would play tennis. (would fréquentatif)

Ce qui distingue ces phrases n'est pas tant une différence de temps qu'une différence d'aspect, très nettement marquée en anglais.

Si le temps grammatical indique dans quelle période se situe l'action exprimée par le verbe (passé, présent, avenir), l'aspect s'intéresse davantage au sujet de l'action et à la manière dont l'action se déroule.

II. Les temps

Intimement liée à la notion d'aspect, il existe en anglais une forme simple et une forme continue (appelée aussi forme progressive ou forme en « be + -ing ») pour les temps suivants :

- **le présent** (simple et continu)
- **le prétérit** (simple et continu)
- **le present perfect*** (simple et continu)
- **le pluperfect*** (simple et continu)

* *Le present perfect et le pluperfect ne sont pas à proprement parler des temps.*
Il est plus juste de parler d'aspect perfectif, et de considérer le present perfect comme un aspect du présent et le pluperfect comme un aspect du passé.

On aura noté l'absence d'un temps grammatical « futur » en anglais. Ceci ne signifie nullement que l'anglais ne permette pas d'exprimer l'avenir.
Au contraire, l'anglais a plusieurs façons d'exprimer l'avenir, mais comme pour le conditionnel, le futur relève du système modal (on utilise des auxiliaires modaux pour exprimer l'avenir et le conditionnel ; le présent peut également servir à évoquer des événements à venir en anglais, comme en français d'ailleurs).

La forme simple des temps nommés ci-dessus permet de situer l'action dans le temps de façon objective.
En effet, l'énonciateur, dans ce cas-là, reste « neutre » en quelque sorte, impersonnel ; il délivre une information sans la commenter.

La forme continue, en revanche, relève de la notion d'aspect et permet à l'énonciateur d'ajouter une part de subjectivité à ce qu'il énonce, de faire un « commentaire » ou de porter un jugement.

L'énonciateur ne se contente pas de situer les faits dans le temps ; il les commente, il exprime un point de vue subjectif.

La forme continue est toujours formée de l'auxiliaire « be » et d'un verbe en « -ing ».
C'est « be » que l'on conjugue au temps voulu.
On dit que les marqueurs de la forme continue sont **« be + -ing »**.

Avant d'étudier, en détail, des temps de l'anglais, retenons qu'il faut être très vigilant pour passer d'une langue à l'autre et qu'il n'y a pas de correspondance exacte entre l'emploi d'un temps français et celui d'un temps anglais.

1) EXPRIMER LE PRÉSENT

Avant tout, il faut retenir qu'il existe **deux formes de présents en anglais** : le présent simple et le présent continu.
Le français ne dispose que d'un seul présent. Il faut donc faire très attention aux emplois respectifs du **présent simple** et du **présent continu**.

Comparez :
1. It often rains in England. (présent simple)
   Il pleut souvent en Angleterre.
2. Look ! It's raining. (présent continu)
   Regardez ! Il pleut.

Dans l'exemple 1, le présent simple permet d'exprimer une généralité, un fait qui n'a pas forcément lieu au moment où l'on parle ; il s'agit d'un présent qui dépasse le moment de parole.
Dans l'exemple 2, l'action décrite, à l'aide du présent continu, est ancrée dans le moment présent. On décrit ce que l'on voit, ou ce que l'on entend, ce qui se passe au moment précis où l'on parle.

1. Le présent simple

Le présent simple sert à parler de goûts, d'opinions et d'habitudes.
Il ne concerne pas exclusivement le moment présent, et il n'est pas lié à un moment précis.
On peut dire qu'il a une valeur qui « dépasse » le moment précis.

a) Formation du présent simple
Il faut se rappeler, avant tout, que le verbe « to be » a sa propre conjugaison au présent et au prétérit.
Il est le seul verbe à ne pas suivre les règles de conjugaison des verbes lexicaux au présent et au prétérit.

RAPPEL DE LA CONJUGAISON DU VERBE « TO BE » AU PRÉSENT :

AFFIRMATION	INTERROGATION	NÉGATION
I am /'m	Am I... ?	I am not /'m not
You are /'re	Are you... ?	You are not / aren't /'re not
He / She / It is /'s	Is he / she / it... ?	He / She / It is not / isn't /'s not
We are /'re	Are we... ?	We are not / aren't /'re not
You are /'re	Are you... ?	You are not / aren't /'re not
They are /'re	Are they... ?	They are not / aren't /'re not

II. Les temps : exprimer le présent

INTERRO-NÉGATION :

Am I not... ? / Aren't I... ?
Are you not... ? / Aren't you... ?
Is he / she / it not... ? / Isn't he / she / it... ?

Are we not... ? / Aren't we... ?
Are you not... ? / Aren't you... ?
Are they not... ? / Aren't they... ?

Formation du présent simple de tous les verbes lexicaux en dehors du verbe « to be » :

• Dans les phrases affirmatives, le présent simple se forme avec la base verbale des verbes lexicaux :

S + BV + « s » (3e personne du singulier) + (complément)

Ex. : I **love** him.   Je l'aime.
(base verbale)
He **loves** me.   Il m'aime.

Les marqueurs du présent simple dans les phrases affirmatives sont donc : « Ø* » et « s ».

* Symbole de l'ensemble vide signifiant « aucun marqueur ».

• Dans les phrases interrogatives, on utilise l'auxiliaire « do » :

DO/DOES (3e personne du singulier) + S + BV + (complément)

Ex. : **Do** you speak English ?
Est-ce que tu parles (vous parlez) anglais ?

Does she like* him ?
Est-ce qu'elle l'apprécie ?

* Dans les questions, le marqueur « s » de la 3e personne du singulier n'est plus porté par le verbe mais par l'auxiliaire « does ».
Le verbe qui suit, dans les questions (« like » dans l'exemple) est sous la forme de la base verbale.

Les marqueurs du présent simple dans les phrases interrogatives sont donc : « do » et « does ».

• Dans les phrases négatives, on utilise l'auxiliaire « don't » :

S + DON'T/DOESN'T (3e personne du singulier)
+ BV + (complément)

Ex. : They **don't** want* any coffee. *Ils (Elles) ne veulent pas de café.*

He **doesn't** work* every day. *Il ne travaille pas tous les jours.*

* *Dans les phrases négatives, le marqueur « s » de la 3ᵉ personne du singulier n'est plus porté par le verbe mais par l'auxiliaire « doesn't ».*
Le verbe qui suit, dans les phrases négatives (« work » dans l'exemple), est sous la forme de la base verbale.

Les marqueurs du présent simple dans les phrases négatives sont donc : « don't » et « doesn't ».

Tableau récapitulatif des marqueurs du présent simple :

	À toutes les personnes sauf la 3ᵉ personne du singulier	À la 3ᵉ personne du singulier
Phrases affirmatives	Ø	-s
Phrases interrogatives	do	does
Phrases négatives	don't	doesn't

b) Conjugaison au présent simple
Exemple du verbe lexical « to love » (« *aimer* »)

AFFIRMATION :

I love

You love

He / She / It loves

We love

You love

They love

Traduction :
J'aime, tu aimes, etc.

INTERROGATION :

Do I love... ?

Do you love... ?

Does he / she / it love... ?

Do we love... ?

Do you love... ?

Do they love... ?

Traduction :
Est-ce que j'aime... ?, etc.

NÉGATION :

I don't (do not) love

You don't love

He / She / It doesn't (does not) love

We don't love

You don't love

They don't love

Traduction :
Je n'aime pas, tu n'aimes pas, etc.

INTERRO-NÉGATION :

Don't I love... ? (Do I not love... ?)

Don't you love... ?

Doesn't he / she / it love... ?

Don't we love... ?

Don't you love... ?

Don't they love... ?

Traduction :
Est-ce que je n'aime pas... ?, etc.

II. Les temps : exprimer le présent

Prononciation et orthographe de la 3ᵉ personne du singulier :
Le marqueur « s » de la 3ᵉ personne du singulier peut se prononcer de trois façons différentes :

Ex. : He wants [s]   He loves [z]   He changes [iz]
    Il veut ......   *Il aime ......*   *Il change ......*

Lorsque **la base verbale se termine en -s, -z, -x, -sh, -ch, -o**, on ajoute **-es** et **-s**.

Dans ce cas, la prononciation est [z]   Ex. :   He goes, she does...
et [iz] dans les autres cas.   Ex. :   He watches, he brushes...

Lorsque **la base verbale se termine en consonne + y**, on transforme le **y en i avant d'ajouter -es.**
    Ex. : I try   He tries
          I cry   She cries

c) Emploi du présent simple
Le présent simple ne concerne pas uniquement le moment précis.
Il a une valeur plus générale.

Il permet d'exprimer :

l'habitude

Ex. : Bill **gets up** at 8 every day.   *Bill se lève à 8 heures.*
     Does she **go** to school by bus ? *Est-ce qu'elle va à l'école en bus ?*

la fréquence

Ex. : How often **do** you **go** abroad ? *À quelle fréquence vas-tu (allez-vous) à l'étranger ?*

    I never **travel** alone.   *Je ne voyage jamais seul(e).*

des vérités générales

Ex. : Cows **eat** grass.   *Les vaches mangent de l'herbe.*
    Iron **rusts.**   *Le fer rouille.*

l'opinion, le goût, le souhait, l'envie, les sentiments notamment avec des verbes comme « **to agree** » (« *être d'accord* »), « **to believe** » (« *croire* »), « **to like** » (« *apprécier* »), « **to love** » (« *aimer* »), « **to think** » (« *penser* »), « **to want** » (« *vouloir* »)...
Ex. : I **agree** with you.   *Je suis d'accord avec toi (vous).*

    She **loves** chemistry.   *Elle aime la chimie.*

le futur (un horaire ou un programme)

Ex. : The train **leaves** at 4.05 p.m. *Le train part à 16 h 05.*

Le présent simple permet de donner des informations et de présenter les faits de façon objective, on l'utilise donc aussi pour :

raconter une histoire

Ex. : The man **looks** at her and **says** : « I think it's too late ».
L'homme la regarde et dit : « Je crois que c'est trop tard. »

demander ou donner des instructions

Ex. : You **cook** the meat in the oven   *Cuire la viande au four et servir*
and **serve** it hot.   *chaud.*

How **do** we **get** there ?   *Comment allons-nous là-bas ?*

donner des indications scéniques

Ex. : The telephone **rings**.   *Le téléphone sonne.*

décrire une succession d'actions immédiates

Ex. : Zidane **shoots** his first goal.   *Zidane tire son premier but.*

faire un reportage

Ex. : Now the president **stands up**   *Et maintenant le président se lève et*
and **speaks**.   *parle.*

annoncer un fait nouveau

Ex. : Here **comes** the champion !   *Voici le champion !*

2. Le présent continu

Le présent continu s'appelle aussi **le présent progressif** ou encore **le présent en be + -ing.**

> **Rappel :**
> **La forme simple** permet de situer l'action dans le temps de façon objective.
> L'énonciateur, dans ce cas, délivre une information sans la commenter.
> **La forme continue**, en « be + -ing », relève de la notion d'aspect.
> L'énonciateur, dans ce cas, ne se contente pas de situer les faits dans le temps ; il les commente, il exprime un point de vue subjectif.

Il ne faut pas confondre le présent simple et le présent continu.
Rappelons que l'anglais dispose de deux formes de présent alors qu'il n'existe qu'un seul présent (qu'une seule forme de présent) en français.
Contrairement au présent simple qui ne concerne pas uniquement le moment présent, le présent continu, le présent en « be + -ing », ancre

II. Les temps : exprimer le présent

l'action dans le moment présent et/ou dans une situation, un contexte précis.
Il sert à décrire une situation dont on est témoin au moment où l'on parle.
Le présent continu est, par opposition au présent simple, un « vrai » présent ; un contexte précis, ancré dans une situation particulière, ici et maintenant.

a) Formation du présent continu
Le présent continu se forme à l'aide de l'auxiliaire « be » conjugué au temps voulu et d'un verbe lexical en « -ing ».

Ex. : I'm reading a novel.	*Je lis un roman.*
What **are** you **doing** ?	*Qu'est-ce que tu fais (vous faites) ?*
We **aren't** reading, we're watching a film.	*Nous ne lisons pas, nous regardons un film.*

Les marqueurs du présent continu sont : be + -ing.

b) Conjugaison au présent continu
Exemple du verbe lexical « to sleep » : « *dormir* »

Remarque :
On peut remplacer les formes contractées de « be » ci-dessous par les formes pleines (cf. pages 55 et 56).

AFFIRMATION :

I'm sleeping	We're sleeping
You're sleeping	You're sleeping
He / She / It's sleeping	They're sleeping

Traduction :
Je dors, tu dors, etc.

INTERROGATION :

Am I sleeping ?	Are we sleeping ?
Are you sleeping ?	Are you sleeping ?
Is he / she / it sleeping ?	Are they sleeping ?

Traduction :
Est-ce que je dors ?, etc.

NÉGATION :

I'm not sleeping	We aren't /'re not sleeping
You aren't /'re not sleeping	You aren't /'re not sleeping
He / She / It isn't /'s not sleeping	They aren't /'re not sleeping

Traduction :
Je ne dors pas, tu ne dors pas, etc.

INTERRO-NÉGATION :

Am I not sleeping ?	Aren't we sleeping ?
Aren't you sleeping ?	Aren't you sleeping ?
Isn't he / she / it sleeping ?	Aren't they sleeping ?

Traduction :
Ne suis-je pas en train de dormir ? ou Est-ce que je ne suis pas en train de dormir ?, etc.

c) *Emploi du présent continu*

Le présent continu permet de décrire et commenter des actions déjà en cours ou déjà connues.

Il s'emploie pour :

▶ décrire une action en cours, ce qui est en train de se passer.
On est témoin de l'action que l'on décrit (elle se passe sous nos yeux ou on l'entend par exemple).

    Ex. : He's painting the ceiling.   *Il peint le plafond.*
    Look ! It's raining.   *Regarde(z) ! Il pleut.*

▶ décrire une action qui est en cours de déroulement.
    Ex. : The situation in Israel is getting more and more difficult.
    La situation en Israël est de plus en plus difficile.

▶ décrire la position de quelqu'un ou une image (on est encore témoin de la scène).
Ex. : She's sitting in the garden.   *Elle est assise dans le jardin.*

    In picture one, the Johnsons   *Dans la première image, les Johnson*
    are having a party.   *font une fête.*

Le présent continu permet aussi de faire des commentaires sur une situation.

Il s'emploie pour :

▶ exprimer un point de vue subjectif, qui peut s'accompagner d'un jugement positif ou négatif selon le contexte.
    Ex. : They're drinking again !
    Mais ils (elles) boivent encore !

    You're being silly !
    Tu te conduis comme un(e) imbécile ! / Vous vous conduisez comme des imbéciles !

▶ Le présent continu peut également exprimer l'intention.
Il est alors associé à un adverbe ou une expression situant l'action dans le futur.
    Ex. : I'm seeing him tomorrow.   *Je le vois demain.*

II. Les temps : exprimer le présent

Attention, **l'ajout de -ing** au verbe lexical entraîne parfois des **modifications orthographiques**.

Notez par exemple :

to die	*(mourir)*	dying
to lie	*(être étendu)*	lying
to surprise	*(surprendre)*	surprising

d) Les verbes qui n'admettent pas la forme continue

Les verbes qui n'admettent pas la forme continue, la forme en be + -ing, sont les verbes d'état, « to be » (« être ») et « to have » (« avoir, posséder ») ou d'autres verbes exprimant un état d'esprit, un état de sentiments, un état des sens (verbes de perception), une apparence.

Les plus importants sont :

To like	*aimer, apprécier*
To love	*aimer*
To hate	*détester*
To want	*vouloir*
To wish	*souhaiter*
To know	*savoir*
To remember	*se souvenir de, se rappeler*
To understand	*comprendre*
To think	dans le sens de *croire* et non de *penser*
To believe	*croire*
To appear	*apparaître*
To seem	*sembler*
To mean	*signifier, vouloir dire*
To agree	*être d'accord*
To disagree	*ne pas être d'accord*
To see	dans le sens de *voir* et non de *rencontrer*
To look	*sembler, paraître*
To imagine	*imaginer*
To doubt	*douter*
To feel	dans le sens de *croire* et non de *ressentir*
To hear	*entendre*
To prefer	*préférer*
To recognize	*reconnaître*
To suppose	*supposer*

Ces verbes ne s'emploient pratiquement pas à la forme continue.
Ils s'utilisent donc presque toujours aux temps simples, même si, d'après le contexte, ils devraient être à la forme continue (en be + -ing).
Ils expriment un état plutôt qu'un processus dynamique.

Néanmoins, certains de ces verbes peuvent changer de sens et accepter alors la forme continue. C'est le cas, entre autres, de :

– « to think » qui peut signifier « *croire que* » au présent simple et « *penser à* », « *réfléchir* » ou « *envisager de* » au présent continu

– « to see » qui signifie « *voir* » au présent simple et « *rencontrer* » au présent continu

– « to have » qui signifie « *posséder* » au présent simple et qui peut s'employer au présent continu dans les expressions telles que « to have dinner / a bath... », « *dîner* », « *prendre un bain...* », etc.

2) EXPRIMER LE PASSÉ

L'anglais utilise **six temps pour parler du passé :**

– Le prétérit simple
– Le prétérit continu

– Le present perfect* simple
– Le present perfect* continu

– Le past perfect* simple, appelé aussi pluperfect* simple
– Le past perfect* continu, appelé aussi pluperfect* continu

* Le present perfect et le past perfect (ou pluperfect) ne sont pas à proprement parler des temps.
Il est plus juste de parler d'aspect perfectif, et de considérer le present perfect comme un aspect du présent et le pluperfect (ou past perfect) comme un aspect du passé.
On peut noter que, comme pour exprimer le présent en anglais, il existe, pour chaque temps du passé, une forme simple et une forme continue (en be + -ing).
Il ne faut pas oublier qu'il n'y a pas de correspondance exacte ou systématique entre l'emploi d'un temps français et celui d'un temps anglais.
Par exemple, le passé composé se traduit tantôt par le prétérit simple, tantôt par le present perfect (simple ou continu) ; l'imparfait correspond soit au prétérit (simple ou continu) ou encore au past perfect (simple ou continu), selon le contexte.
Pour bien employer les temps anglais, il faut penser au sens que l'on veut exprimer, et non aux temps français.

1. Le prétérit simple

Le prétérit simple est le temps de « base » du passé.
Il correspond à plusieurs temps du passé en français.

II. Les temps : exprimer le passé

Comme pour le présent, il existe deux formes de prétérit : le prétérit simple et le prétérit continu.

a) Formation du prétérit simple

Il faut se rappeler, avant tout, que le verbe « to be » a sa propre conjugaison au présent et au prétérit.

Il est le seul verbe à ne pas suivre les règles de conjugaison des verbes lexicaux au présent et au prétérit.

RAPPEL DE LA CONJUGAISON DU VERBE « TO BE » AU PRÉTÉRIT :

AFFIRMATION	INTERROGATION	NÉGATION
I was	Was I... ?	I was not / wasn't
You were	Were you... ?	You were not / weren't
He / She / It was	Was he / she / it... ?	He / She / It was not / wasn't
We were	Were we... ?	We were not / weren't
You were	Were you... ?	You were not / weren't
They were	Were they... ?	They were not / weren't

INTERRO-NÉGATION

Was I not... ? / Wasn't I... ?
Were you not... ? / Weren't you... ?
Was he / she / it not... ? / Wasn't he / she / it... ?

Were we not... ? / Weren't we... ?
Were you not... ? / Weren't you... ?
Were they not... ? / Weren't they... ?

En dehors de la conjugaison unique du verbe « to be », il faut aussi savoir qu'il existe en anglais des verbes réguliers et des verbes irréguliers.
Les verbes irréguliers ne forment pas leur prétérit et leur participe passé de la même façon que les autres verbes lexicaux dits réguliers.

Formation du prétérit simple des verbes lexicaux réguliers :

- Dans les phrases affirmatives, on ajoute -ed à la base verbale du verbe utilisé ou -d seulement si la base verbale se termine par un « e », à toutes les personnes du singulier et du pluriel :

$$\boxed{S + BV + ed + (complément)}$$

Ex. : He looked at her and hoped she would notice him.
Il la regarda et espéra qu'elle le remarquerait.

- Dans les phrases interrogatives, on utilise l'auxiliaire « **did** » pour tous les verbes (réguliers et irréguliers), à toutes les personnes du singulier et du pluriel :

DID + S + BV + (complément)

Ex. : When **did** it happen* ?   *Quand cela s'est-il produit ?*

* *Dans les questions, le marqueur du prétérit n'est plus « porté » par le verbe mais par l'auxiliaire « did ».*
Le verbe qui suit, dans les questions (« happen » dans l'exemple) est sous la forme de la base verbale.

- **Dans les phrases négatives**, on utilise l'auxiliaire « **didn't** » pour tous les verbes (réguliers et irréguliers), à toutes les personnes du singulier et du pluriel :

S + DIDN'T + BV + (complément)

Ex. : She **didn't** see* him before he entered the room.
Elle ne le vit pas avant qu'il ne pénètre dans la pièce.

* *Dans les phrases négatives, le marqueur du prétérit n'est plus « porté » par le verbe mais par l'auxiliaire « didn't ».*
Le verbe qui suit, dans les phrases négatives (« see » dans l'exemple), est sous la forme de la base verbale.

Tableau récapitulatif des marqueurs du prétérit simple :

	À toutes les personnes du singulier et du pluriel
Phrases affirmatives	-ed (sauf pour les verbes irréguliers)
Phrases interrogatives	did (pour tous les verbes)
Phrases négatives	didn't (pour tous les verbes)

Orthographe des verbes réguliers au prétérit simple :

- Le prétérit simple se forme en ajoutant **-ed** à la base verbale.
  Ex. : He talk**ed** to her yesterday. (verbe « to talk » : « *parler* »)
  Il lui a parlé hier.

- On ajoute seulement **-d** si la base verbale se termine déjà en -e.
  Ex. : They love**d** each other. (verbe « to love » : « *aimer* »)
  Ils (Elles) s'aimaient.

- Si la base verbale se termine en -y, on transforme le -y en -i avant d'ajouter -ed.
  Ex. : He cr**ied** a lot when he knew she was dead. (verbe « to cry » : « *pleurer* »)
  Il a beaucoup pleuré quand il a su qu'elle était morte.

II. Les temps : exprimer le passé

- Pour les verbes d'une syllabe, on double la dernière consonne si celle-ci est précédée d'une voyelle courte.
  Ex. : She dropped into an armchair. (verbe « to drop » : « *tomber, se laisser tomber* »...)
  Elle s'est écroulée dans un fauteuil.

Prononciation des verbes réguliers terminés en -ed.
Il y a **trois prononciations** du prétérit régulier en -ed.

[id] après les sons [t] et [d]
  Ex. : waited, sounded...

[t] après les sons [p], [k], [f], [θ], [s], [ʃ], [tʃ]
  Ex. : dropped, booked...

[d] dans tous les autres cas
  Ex. : loved, cried...

Formation du prétérit simple des verbes lexicaux irréguliers (« to be » mis à part) :
Il existe environ 250 verbes irréguliers, dont 150 d'emploi courant.
Un verbe régulier suit, comme son nom l'indique, une règle.
En anglais, les verbes réguliers, qui représentent la grande majorité des verbes (entre 5 000 et 6 000 verbes réguliers), forment leur prétérit et leur participe passé avec -ed (on accole -ed à la base verbale).
Sont appelés verbes irréguliers, les verbes qui ne forment pas leur prétérit et leur participe passé de la même façon que les autres verbes lexicaux ; ils ne suivent pas la même règle (cf. liste pages 125 à 127).
Ces verbes, en majorité d'origine saxonne, sont les plus vieux verbes de la langue et s'emploient, pour la plupart, très fréquemment.
Il faut donc les connaître parfaitement.
Contrairement aux verbes réguliers, les verbes irréguliers ne « portent » pas le marqueur -ed au prétérit simple dans les phrases affirmatives.
Il n'y a pas de marqueur unique pour les verbes irréguliers au prétérit simple, c'est pourquoi il faut les apprendre individuellement et noter que l'orthographe de ces verbes est souvent assez lointaine de leur prononciation ; il faut les travailler et les apprendre à l'oral et à l'écrit.

- Les verbes irréguliers ne forment pas leur prétérit à la forme affirmative comme les verbes réguliers.
En effet, **ils ne portent pas le marqueur -ed.**

  Ex. : First she looked at him. Then she spoke to him.
  D'abord elle l'a regardé. Ensuite, elle lui a parlé.

Le premier verbe utilisé dans l'exemple ci-dessus est un verbe régulier, « to look » : « *regarder* ».
Au prétérit simple, on lui ajoute -ed, à la forme affirmative.

Le second verbe utilisé, en revanche, est un verbe irrégulier, « to speak » : « parler ».

Au prétérit simple, il devient « spoke » à la forme affirmative.

On le trouve, dans les listes de verbes irréguliers, généralement présenté de la façon suivante :

Base verbale	Prétérit	Participe passé	Traduction
speak	spoke	spoken	parler

• Dans les phrases interrogatives et négatives, les verbes irréguliers fonctionnent comme les autres verbes.

On utilise l'auxiliaire « did » dans les phrases interrogatives :
  Ex. : **Did** you **speak** to her ?   *Est-ce que tu lui as (vous lui avez) parlé ?*

On utilise l'auxiliaire « didn't » dans les phrases négatives :
  Ex. : No, I **didn't speak** to her.   *Non, je ne lui ai pas parlé.*

b) Conjugaison d'un verbe régulier et d'un verbe irrégulier au prétérit simple

Exemple du verbe lexical **régulier « to love »** (« aimer ») et du verbe lexical **irrégulier « to see* »** (« voir »).

* Verbe irrégulier « to see » :

Base verbale	Prétérit	Participe passé	Traduction
see	saw	seen	voir

AFFIRMATION :

I loved	I saw
You loved	You saw
He / She / It loved	He / She / It saw
We loved	We saw
You loved	You saw
They loved	They saw

Traduction :
J'ai aimé, j'aimais, j'aimai, etc. / J'ai vu, je voyais, je vis, etc.

Remarque :
Le prétérit simple peut correspondre en français, selon le cas, à un passé composé, un imparfait ou un passé simple.

INTERROGATION :

Did I love... ?	Did I see... ?
Did you love... ?	Did you see... ?
Did he / she / it love... ?	Did he / she / it see... ?

II. Les temps : exprimer le passé

Did we love... ?	Did we see... ?
Did you love... ?	Did you see... ?
Did they love... ?	Did they see... ?

Traduction :
Est-ce que j'ai aimé, j'aimais, j'aimai... ?, etc. / Est-ce que j'ai vu, je voyais, je vis... ?, etc.

NÉGATION :

I didn't (did not) love	I didn't (did not) see
You didn't love	You didn't see
He / She / It didn't love	He / She / It didn't see
We didn't love	We didn't see
You didn't love	You didn't see
They didn't love	They didn't see

Traduction :
Je n'ai pas aimé, je n'aimais pas, je n'aimai pas, etc. / Je n'ai pas vu, je ne voyais pas, je ne vis pas, etc.

INTERRO-NÉGATION :

Didn't I love... ? (Did I not love... ?)	Didn't I see... ? (Did I not see... ?)
Didn't you love... ?	Didn't you see... ?
Didn't he / she / it love... ?	Didn't he / she / it see... ?
Didn't we love... ?	Didn't we see... ?
Didn't you love... ?	Didn't you see... ?
Didn't they love... ?	Didn't they see... ?

Traduction :
Est-ce que je n'ai pas aimé, je n'aimais pas, je n'aimai pas... ?, etc. / Est-ce que je n'ai pas vu, je ne voyais pas, je ne vis pas... ?, etc.

c) *Emploi du prétérit simple*

Le seul vrai temps du passé est le prétérit (simple et continu), appelé aussi « past tense ».

• Le prétérit simple peut correspondre en français, selon le cas, à un passé composé, à un imparfait ou à un passé simple.

Correspondance avec le français :

Le prétérit simple correspond à :
– un passé composé :
  Ex. : I finished my book last night.
       J'ai fini mon livre hier soir. (Passé composé.)

– un imparfait :
  Ex. : When he was a child, he went to the beach every day.
  Quand il était enfant, il allait à la plage tous les jours. (Imparfait.)

– un passé simple :
  Ex. : She visited the Vatican in May 1980.
  Elle visita le Vatican en mai 1980. (Passé simple.)

• Avec le prétérit, on présente l'action ou l'événement comme totalement révolu, coupé du présent.

C'est pourquoi, le prétérit simple est souvent accompagné de **marqueurs de temps** qui situent les choses dans le passé avec précision, tels que :

– last night / year...   *la nuit dernière, l'année dernière...*
– yesterday   *hier*
– in 1985 / 1700...   *en 1985, en 1700...*
– two days / two weeks **ago**...   *il y a deux jours, il y a deux semaines...*
– when I was a child, when he   *quand j'étais enfant, quand il était*
  was a baby...   *bébé...*
– in those days...   *à cette époque...,* etc.

  Ex. : They came to live here three years ago.
  Ils (Elles) sont venu(e)s vivre ici il y a trois ans.

  It happened when she was absent.
  Cela s'est produit quand elle était absente.

  He last met her in January.
  Il l'a rencontrée pour la dernière fois en janvier.

  I worked in London for two years, from 1985 to 1987.
  J'ai travaillé à Londres pendant deux ans, de 1985 à 1987.

Inversement, la présence d'adverbes de temps ou d'expressions renvoyant au passé (ago, last, when...) entraîne obligatoirement l'emploi du prétérit.

• **Le prétérit est aussi le temps du récit, de la narration au passé.**
  Les mots ou les expressions exprimant la succession dans le temps (first, and, then, after, before, finally...) entraînent obligatoirement le prétérit.
  Ex. : First he looked at her then he spoke to her.
  D'abord il l'a regardée puis il lui a parlé.

Il peut s'agir d'actions brèves ou d'une série d'actions brèves :
  Ex. : He came in, took his gun and shot everybody.
  Il entra, prit son arme et tua tout le monde.

Il peut aussi s'agir d'actions répétitives dans le passé :
  Ex. : I went to England every year in those days.
  J'allais en Angleterre tous les ans à cette époque.

II. Les temps : exprimer le passé

- **Le prétérit s'applique à une action passée, terminée et datée, de façon explicite ou implicite.**
  Ex. : Shakespeare wrote thirty-seven plays. (Prétérit.)
  Shakespeare a écrit trente-sept pièces de théâtre.

Dans l'exemple précédent, la référence à une date passée est implicite, sous-entendue ; nous savons que Shakespeare est mort.
D'un écrivain vivant, on dirait :
  Ex. : He has written three novels. (Present perfect.)
  Il a écrit trois romans. (sous-entendu : jusqu'à maintenant)

d) Used to

- « Used to » est une forme de prétérit qui exprime la rupture totale avec le présent.

Avec « used to », on insiste, de façon implicite (sous-entendue) sur le fait que ce qui était vrai dans le passé ne l'est plus maintenant.
La structure « used to » ajoute une notion supplémentaire par rapport au prétérit simple, elle permet d'insister sur le contraste entre le passé et le présent.
Il n'y a pas d'équivalent à « used to » en français ; des adverbes comme « *avant, autrefois, jadis, auparavant...* » permettent de rendre compte de ce contraste entre le passé et le présent.

Comparez les deux phrases affirmatives suivantes :

He smoked.   *Il fumait.* (Le prétérit simple nous renseigne sur le passé mais pas sur le présent ; fume-t-il toujours ?)

He used to smoke.   *Avant, il fumait.* (« Used to » nous renseigne, à la fois, sur le passé et le présent ; il fumait autrefois mais il ne fume plus actuellement.)

- Dans les phrases interrogatives avec « used to », on s'interroge pour savoir s'il y a eu **continuité ou rupture entre le passé et le présent**.
  Est-ce que ce qui est vrai dans le présent l'était aussi dans le passé ?
  Ex. : Did they use to live in Kent when they were children ?
  Est-ce qu'ils (elles) vivaient à Kent quand ils (elles) étaient enfants ?
Attention, la marque du prétérit est « portée » par l'auxiliaire « did » dans les questions ; c'est pourquoi, « used to » devient « use to » à la forme interrogative (le marqueur du prétérit -ed, sur « used to », n'est plus nécessaire dans ce cas ; c'est « did » qui prend le relais).

- Dans les phrases négatives, « used to » marque **une rupture entre le présent et le passé**. Ce qui est vrai actuellement ne l'était pas dans le passé.
  Ex. : I didn't use to read much in those days.
  Je ne lisais pas beaucoup à cette époque.

Attention, la marque du prétérit est « portée », dans les phrases négatives, par l'auxiliaire « didn't » ; c'est pourquoi, « used to » devient « use to » à la forme négative.

Il ne faut pas confondre **« used to »** avec :
✓ « to be used to (+ nom ou + verbe en -ing) » : *« être habitué à quelque chose ou à faire quelque chose »*.
   Ex. : I'm used to Paris traffic.
         Je suis habitué(e) à la circulation de Paris.

         I'm used to driving in Paris too.
         Je suis aussi habitué(e) à conduire dans Paris.

✓ « to get used to (+ nom ou + verbe en -ing) » : *« s'habituer à quelque chose ou à faire quelque chose »*.
   Ex. : It takes a long time to get used to a new school.
         Il faut longtemps pour s'habituer à une nouvelle école.

         I'll never get used to living in England.
         Je ne m'habituerai jamais à vivre en Angleterre.

Lorsque « to be / get used to » est suivi d'un verbe, celui-ci se met à la forme en -ing.
Dans ce cas, « to » est une préposition et les prépositions, en anglais, si elles sont suivies d'un verbe, sont toujours suivies d'un verbe en -ing.
✓ le passif : « be used to (+ base verbale) » : *« être utilisé pour... »*
   Ex. : A racket is used to play tennis.
         On utilise une raquette pour jouer au tennis.

Dans cet exemple, « be used to + base verbale » est un passif, le passif du verbe « to use ».
Le participe passé « used » est celui du verbe « to use ».
Dans ce cas, la prononciation de « used » n'est pas la même que dans les autres cas. On prononce ici [juizd], sinon on prononce [juist].

2. Le prétérit continu

Le prétérit continu s'appelle aussi le prétérit progressif ou encore le prétérit en « be + -ing ».

> **Rappel :**
> **La forme simple** permet de situer l'action dans le temps de façon objective.
> **L'énonciateur, dans ce cas, délivre une information sans la commenter.**
> **La forme continue**, en « be + -ing », relève de la notion d'aspect.
> L'énonciateur, dans ce cas, ne se contente pas de situer les faits dans le temps ; il les commente, il exprime un point de vue subjectif.

II. Les temps : exprimer le passé

a) Formation et emploi du prétérit continu

Les marqueurs du prétérit continu sont les mêmes que ceux du présent continu : « be + -ing », mais cette fois, l'auxiliaire « be » est conjugué au prétérit et non au présent :

> S + WAS/WERE (pour le pluriel) + BV + -ing + (complément)

Ex. : He was playing the piano when he heard the shot.
Il jouait du piano quand il a entendu le coup de fusil.

Le prétérit continu sert à décrire une action passée ; ce que l'on faisait, ce que l'on était en train de faire à un moment du passé. L'action est envisagée sous l'angle de sa durée ; elle est toujours située par rapport à un repère précis ou par rapport à un autre événement. Le prétérit continu se traduit, la plupart du temps, par un imparfait.

Ex. : They were listening to a concert when someone knocked at the door.

(Description de l'activité passée   Événement passé)
Ils (Elles) écoutaient un concert   quand quelqu'un frappa à la porte.

At 3 p.m.,   she was shopping at the supermarket.

(Repère passé   Description de l'activité passée)
À 3 heures,   elle faisait ses courses au supermarché.

b) Conjugaison au prétérit continu

Exemple du verbe lexical **« to read »** : « *lire* ».

Remarque :

On peut remplacer les formes contractées de « be » au passé ci-dessous par les formes pleines (cf. pages 55 et 56).

AFFIRMATION :

I was reading	We were reading
You were reading	You were reading
He / She / It was reading	They were reading

Traduction :
Je lisais, tu lisais, etc.

INTERROGATION :

Was I reading ?	Were we reading ?
Were you reading ?	Were you reading ?
Was he / she / it reading ?	Were they reading ?

Traduction :
Est-ce que je lisais... ?, etc.

NÉGATION :

I wasn't reading   We weren't reading
You weren't reading   You weren't reading
He / She / It wasn't reading   They weren't reading

Traduction :
Je ne lisais pas, tu ne lisais pas, etc.

INTERRO-NÉGATION :

Wasn't I reading ?   Weren't we reading ?
Weren't you reading ?   Weren't you reading ?
Wasn't he / she / it reading ? Weren't they reading ?

Traduction :
Est-ce que je ne lisais pas... ?, etc.

3. Le prétérit modal

a) *Valeur du prétérit modal*
Le prétérit n'exprime pas toujours un événement passé, il n'a pas toujours une valeur temporelle.

Comparez :

He came yesterday.   *Il est venu hier.*
Prétérit simple à valeur temporelle   Expression du passé

If he came, I would tell him the truth.   *S'il venait, je lui dirais la vérité.*
Prétérit modal

Dans l'exemple ci-dessus, le prétérit « If he came » est utilisé pour exprimer un fait souhaité ou imaginé (« *S'il venait* »).
Il s'agit d'un prétérit modal.
Cet emploi du prétérit est indépendant de la notion de temps ; il n'exprime pas un passé mais, dans ce cas, un fait virtuel, possible mais qui n'a pas eu lieu au moment où l'on parle (on parle d' « irréel du présent »).
Le prétérit modal sert donc à exprimer des notions telles que **la supposition, le souhait, le regret, la préférence**, notions qui nous rappellent celles exprimées par les auxiliaires modaux, d'où l'appellation de **prétérit modal.**
Il existe aussi un **past perfect modal** pour exprimer une hypothèse qui ne s'est pas réalisée dans le passé (on parle alors d' « irréel du passé ») :
Ex. : If he had come (past perfect), I would have told him the truth.
S'il était venu, je lui aurais dit la vérité.

b) Formes du prétérit modal

Le prétérit modal ne se distingue pas du prétérit simple sauf pour le verbe « to be ».

En effet, la forme « to be » au prétérit modal est **« were »** à toutes les personnes.

Prétérit de « to be »	Prétérit modal de « to be »
I **was** You were He / She / It **was** We were You were They were	I **were** You were He / She / It **were** We were You were They were

c) Emploi du prétérit modal

On emploie le prétérit modal pour exprimer :

L'hypothèse après « if », « as if » :

Ex. : If she knew the truth, she'd (would) be disappointed.
   Si elle savait la vérité, elle serait déçue.

It is as if she didn't know me.
   C'est comme si elle ne me connaissait pas.

On peut émettre une hypothèse avec le **past perfect modal** pour un événement qui ne s'est pas réalisé dans le passé (« irréel du passé ») :
Ex. : If he had been there, he would have told her what to do.
   S'il avait été là, il lui aurait dit ce qu'il fallait faire.

Le regret après le verbe « to wish » :

Ex. : I wish she were here with us.
   Je souhaiterais qu'elle fût ici avec nous. / Je regrette qu'elle ne soit pas là avec nous. / Si seulement elle était là avec nous.

I wish I weren't so shy.
   Je voudrais être moins timide. / Je regrette d'être si timide. / Si seulement je n'étais pas si timide.

Au past perfect modal :
Ex. : We wish we hadn't bought this house.
   Nous regrettons d'avoir acheté cette maison. / Si seulement nous n'avions pas acheté cette maison.

Les souhaits encore réalisables (potentiels) peuvent s'exprimer de deux façons :

Ex. : I wish she **would** accept my offer.
J'aimerais qu'elle accepte mon offre.

I wish he **could** come and see me.
Je voudrais qu'il vienne me voir.

La préférence après « I would rather » (plus couramment « I'd rather ») :

Ex. : I'd rather she **came** next week.
Je préférerais qu'elle vienne la semaine prochaine.

Attention, lorsque la phrase ne comporte qu'un seul sujet, « I'd rather » est suivi de la base verbale :

Ex. : I'd rather stay here.   *Je préférerais rester ici.*

Au past perfect modal :
Ex. : I'd rather he **hadn't come.**
J'aurais préféré qu'il ne vienne pas.

Le souhait après « It's (high) time » :

Ex. : It's (high) time you **told** him the truth.
Il est (grand) temps que tu lui dises (vous lui disiez) la vérité.

Les prétérits **« could »** et **« might »** quand ils expriment une possibilité ou une éventualité dans le présent ou l'avenir sont des **prétérits modaux** :

Ex. : It **might** rain tomorrow.   *Il se pourrait qu'il pleuve demain.*

4. Le subjonctif en anglais

Il est difficile d'évoquer le prétérit modal (et le past perfect modal) sans parler du subjonctif en anglais.
Le prétérit modal et le past perfect modal (étudiés ci-avant) représentent une des deux formes du subjonctif en anglais : le **« subjonctif passé »**.
Le subjonctif français est le mode qui présente une action envisagée, une action possible. On le trouve après des mots qui expriment un souhait, un sentiment, un doute, un regret...

Ex. : *Je suis très contente qu'il soit là.*

En anglais, ce mode est beaucoup moins employé qu'en français.
On parle néanmoins de « subjonctif présent » et de « subjonctif passé » (prétérit modal et past perfect modal étudiés ci-avant).

II. Les temps : exprimer le passé

Le « subjonctif présent » en anglais :
(pour l'emploi du « subjonctif passé », se reporter aux pages 73 à 75)

- Les verbes anglais au subjonctif présent apparaissent sous la forme de la base verbale :
  Ex. : It's important that he **be** told at once.
  Il est important qu'il soit informé tout de suite.

  It's essential that she **come** here. (Pas de « s » à la 3e personne du singulier au subjonctif présent.)
  Il est essentiel qu'elle vienne ici.

- Le subjonctif présent s'emploie dans une langue soignée pour exprimer un **ordre** ou une **suggestion** après to order, to insist, to suggest, to demand, to command, to request, ou une nécessité après it is necessary / essential / desirable / important that, etc.
  Ex. : They suggested that he **come** with us.
  Ils (Elles) suggérèrent qu'il vînt avec nous.

  It is important that she attend the meeting.
  Il est important qu'elle assiste à la réunion.

Ces formes subjonctives sont plus rares en anglais britannique qu'en anglais américain ; elles sont généralement remplacées par des constructions avec « should ».
On dira plus couramment :
She **should** attend the meeting.   *Elle devrait assister à la réunion.*

- Le subjonctif présent s'emploie dans des **expressions traditionnelles**, pour exprimer un **souhait** ou une **supposition**, et dans la langue juridique :
  Ex. : God **save** the Queen ! /   *Vive la Reine !*
  Long **live** the Queen !

  God **bless** you !   *Dieu vous bénisse !*

  If this **be** true...   *Si cela est vrai...*

5. Le present perfect simple

Plutôt qu'un temps du passé, il convient de considérer **le present perfect** comme **un aspect du présent** : l'aspect perfectif, qui exprime que l'action a été accomplie antérieurement au moment présent mais qui la porte au crédit du sujet grammatical.
Ex. : He **has broken** his car.   *Il a cassé sa voiture.*
L'action « broken his car » appartient au passé mais l'énonciateur ne se contente pas de situer les faits dans le temps. Il porte l'action au crédit du sujet « he ».

L'action « appartient » au sujet, elle est portée à son crédit, c'est la raison de la présence de « have » (utilisé comme auxiliaire).

Cette situation est vraie au moment de parole, ce qui explique le marqueur de la 3ᵉ personne du présent simple « s » sur « has ».

Il est très important de se souvenir que **le present perfect** (il y a bien « present » dans « present perfect ») nous ramène au moment de parole, à l'actuel, alors que le prétérit signale une distance, une rupture entre l'actuel et le révolu.

On peut aussi remarquer, à ce stade, que le present perfect (auxiliaire « have » et participe passé) se construit comme le passé composé français mais **la ressemblance s'arrête là**.

En effet, il faut à tout prix éviter d'associer ces deux temps, car le plus souvent un passé composé français se traduit par un prétérit anglais (ex. : *Hier j'ai vu* [passé composé] *mes parents* / Yesterday I saw [prétérit] my parents).

En réalité, le present perfect anglais combine deux temps : le présent et le passé.

En effet, le present perfect se forme à l'aide de « have », conjugué au présent, et d'un participe passé qui, comme son nom l'indique, renseigne sur le passé.

Si le rôle du présent simple et du prétérit simple, par exemple, est de situer les événements dans le temps (présent ou passé), le present perfect (puisqu'il n'est pas un temps mais un aspect) nous renseigne sur le sujet grammatical, sur son expérience ou son état au moment où l'on parle.

Si le temps grammatical indique, de façon objective, dans quelle période se situe l'action exprimée par le verbe (présent, passé, avenir), l'aspect, lui, s'intéresse davantage au sujet de l'action.

Ex. : He's (**has**) never **been** to Japan yet.
Il n'est encore jamais allé au Japon.

She's (**has**) finished her dinner.
Elle a fini de dîner.

Enfin, il existe **deux formes de present perfect**, une forme simple et une forme continue (en be + -ing).

a) Formation du present perfect simple

• On forme le present perfect avec l'auxiliaire **« have »** que l'on conjugue au présent suivi d'un participe passé (terminé en -ed sauf pour les verbes irréguliers) :

HAVE/HAS + P. passé (= BV + -ed, sauf pour les verbes irréguliers)

Ex. : They **have** arrived. (Participe passé en -ed.)
Ils (Elles) sont arrivé(e)s.

II. Les temps : exprimer le passé

He has broken his leg. (Participe passé du verbe irrégulier : « to break ».)
Il s'est cassé la jambe.

Le present perfect nous ramène toujours au moment de parole, à l'actuel.

Ex. : Things are much better now. The situation has improved.
Tout va beaucoup mieux maintenant. La situation s'est améliorée.

• Le present perfect est utilisé dans un contexte présent, c'est pourquoi, les adverbes employés avec le present perfect établissent un lien avec le présent.

Les adverbes ou les expressions de temps les plus fréquemment employés avec le present perfect sont :

Now	*maintenant*
So far	*jusqu'à maintenant, jusqu'ici*
For / Since	*depuis*
Recently	*récemment*
Already	*déjà*
Not... yet	*ne pas... encore*
Just	*juste, tout juste*
Never	*jamais*
Ever (dans les questions)	*déjà*
Always	*toujours*
Before	*avant*
Over the past few months, years...	*ces derniers mois, ces dernières années...*
Today	*aujourd'hui*
This year	*cette année*
All my life	*toute ma vie,* etc.

C'est parce que le present perfect établit un lien entre le passé et le présent que l'on ne peut utiliser les adverbes et les expressions de temps qui font référence au passé, tels que « yesterday, ago, last », etc. On utilise ces indicateurs de temps avec le prétérit (cf. pages 68 et 69).

• Il faut bien connaître la conjugaison de l'auxiliaire « have » au présent pour former le present perfect simple.

RAPPEL DE LA CONJUGAISON DE L'AUXILIAIRE « HAVE » AU PRÉSENT :

AFFIRMATION :

I have / I've	We have / We've
You have / You've	You have / You've
He / She / It has / He / She / It's	They have / They've

INTERROGATION :

Have I... ?
Have you... ?
Has he / She / It... ?

Have we... ?
Have you... ?
Have they... ?

INTERRO-NÉGATION :

Have I not... ? / Haven't I... ?
Have you not... ? / Haven't you... ?
Has he / she / it not... ? / Hasn't he / she / it... ?

Have we not... ? / Haven't we... ?
Have you not... ? / Haven't you... ?
Have they not... ? / Haven't they... ?

NÉGATION :

I have not / I haven't
You have not / You haven't
He / She / It has not / He / She / It hasn't

We have not / We haven't
You have not / You haven't
They have not / They haven't

Attention, il ne faut pas confondre la forme contractée de la 3e personne du singulier, « 's », commune à « be » et « have » :

Ex. : She's (is) waiting for the bus. (Présent continu : be + -ing.)
Elle attend le bus.

She's (has) bought a new dress. (Present perfect.)
Elle a acheté une nouvelle robe.

• Pour employer le present perfect, il est impératif de bien connaître **le participe passé des verbes irréguliers** pour pouvoir former le present perfect.

Tous les autres participes passés se forment en ajoutant -ed à la base verbale (waited, called, arrived...).

Attention, il ne faut pas confondre les deux participes passés **« been »** et **« gone »** au present perfect.

Les verbes « to be » et « to go » sont deux verbes irréguliers dont les participes passés sont respectivement « been » et « gone » :

Base verbale	Prétérit	Participe passé	Traduction
Be	was / were	been	être
Go	went	gone	aller

Le participe passé français « *allé* » peut se traduire par « been » ou « gone » au present perfect et prend un sens différent, selon que l'on utilise l'un ou l'autre.

Observons :

He's (has) **been** to America.   *Il est **allé** en Amérique (sous-entendu : il en est revenu).*

He's (has) **gone** to America.   *Il est **allé** en Amérique (sous-entendu : il y est encore). / Il est **parti** en Amérique.*

II. Les temps : exprimer le passé

b) Conjugaison d'un verbe régulier et d'un verbe irrégulier au present perfect

Exemple du verbe lexical régulier « to work » (« *travailler* ») et du verbe lexical irrégulier « to eat* » (« *manger* »).

* Verbe irrégulier « to eat » :

Base verbale	Prétérit	Participe passé	Traduction
eat	ate	eaten	manger

Remarque :

On peut remplacer les formes contractées de « have » ci-dessous par les formes pleines (cf. page 78).

AFFIRMATION :

I've worked	I've eaten
You've worked	You've eaten
He / She / It's worked	He / She / It's eaten
We've worked	We've eaten
You've worked	You've eaten
They've worked	They've eaten

Traduction :
Je travaille, j'ai travaillé, etc. / Je mange, j'ai mangé, etc.

Remarque :

Le present perfect peut correspondre, en français, à un passé composé ou à un présent :

Ex. : I've worked for two hours.
Je travaille depuis deux heures. (Présent.)

I've never worked for him.
Je n'ai jamais travaillé pour lui. (Passé composé.)

Nous rappelons néanmoins que le passé composé se traduit le plus souvent en anglais par un prétérit.

INTERROGATION :

Have I worked ?	Have I eaten ?
Have you worked ?	Have you eaten ?
Has he / she / it worked ?	Has he / she / it eaten ?
Have we worked ?	Have we eaten ?
Have you worked ?	Have you eaten ?
Have they worked ?	Have they eaten ?

Traduction :
Est-ce que je travaille, j'ai travaillé... ?, etc. / Est-ce que je mange, j'ai mangé... ?, etc.

NÉGATION :

I haven't worked	I haven't eaten
You haven't worked	You haven't eaten
He / She / It hasn't worked	He / She / It hasn't eaten
We haven't worked	We haven't eaten
You haven't worked	You haven't eaten
They haven't worked	They haven't eaten

Traduction :
Je ne travaille pas, je n'ai pas travaillé, etc. / Je ne mange pas, je n'ai pas mangé, etc.

INTERRO-NÉGATION :

Haven't I worked ?	Haven't I eaten ?
Haven't you worked ?	Haven't you eaten ?
Hasn't he / she / it worked ?	Hasn't he / she / it eaten ?
Haven't we worked ?	Haven't we eaten ?
Haven't you worked ?	Haven't you eaten ?
Haven't they worked ?	Haven't they eaten ?

Traduction :
Est-ce que je ne travaille pas, je n'ai pas travaillé... ?, etc. / Est-ce que je ne mange pas, je n'ai pas mangé... ?, etc.

c) *Emploi du present perfect*

Rappel :
Le present perfect n'est pas un temps grammatical mais **un aspect.**
On parle de **l'aspect perfectif.**
Si les temps grammaticaux indiquent dans quelle période se situe l'action exprimée par le verbe utilisé (présent, passé, avenir), **l'aspect s'intéresse davantage au sujet de l'action.**

En effet, **le present perfect nous renseigne sur l'expérience du sujet ou sur l'état dans lequel se trouve le sujet, au moment où l'on parle. Le present perfect nous ramène toujours au moment de parole, à l'actuel** (contrairement au prétérit qui établit une rupture entre l'actuel et le révolu).
À l'aide du present perfect, on « crédite » ou non (c'est le rôle de « have ») le sujet grammatical d'une action.
À partir de ce constat, on peut distinguer cinq emplois du present perfect :

1. L'action est terminée et je constate le résultat de cette action :
   Ex. : Look ! The Turners **have bought** a new car.
      Regarde(z) ! Les Turner ont acheté une nouvelle voiture.

II. Les temps : exprimer le passé

Si l'on précisait les circonstances de cette action (la date, le prix, le lieu...), il faudrait utiliser le prétérit (ex. : They **bought** it last month / *Ils l'ont achetée le mois dernier*).

2. J'affirme qu'une action a été effectivement accomplie et j'insiste sur ce seul fait sans en préciser les circonstances :
   Ex. : I **have seen** this woman somewhere.
   J'ai vu cette femme quelque part.

3. L'action est située dans une période qui n'est pas entièrement écoulée (this year, today...) ou une période qui va jusqu'à maintenant (so far, all my life...) et je fais un bilan provisoire :
   Ex. : Everything **has been** all right so far.
   Tout a bien marché jusqu'ici.

   She's **travelled** a lot this year.
   Elle a beaucoup voyagé cette année.

4. L'action n'est pas terminée et je fais un bilan de ce qui a été réalisé jusqu'au moment présent en indiquant la durée de cette action (avec « for ») ou le moment où elle a commencé (avec « since ») :
   Ex. : He **has not called** me since Easter.
   Il ne m'a pas appelé(e) depuis Pâques.

   He's **been** ill for a week.
   Il est malade depuis une semaine.

5. L'action est récente, située entre le passé et le présent, et j'insiste sur ce fait en employant l'adverbe « just ». Cette tournure se traduit par l'expression « *venir de* ».
   Ex. : I've **just had** breakfast.
   Je viens de prendre mon petit déjeuner.

   She's **just called**.
   Elle vient d'appeler.

Notes :

Après des expressions comme « This is the first time (that)... » (« *C'est la première fois que...* »), on emploie **le present perfect** en anglais et non le présent comme en français.
   Ex. : It's the first time I've **taken** the plane.
   C'est la première fois que je prends l'avion.

   It's the tenth beer you've **drunk** tonight.
   C'est la dixième bière que tu bois (vous buvez) ce soir.

Après « It was the first time (that)... », on emploie **le past perfect** en anglais et l'imparfait en français :

Ex. : It was the first time I had met her.
C'était la première fois que je la rencontrais.

À ne pas confondre avec « The first time... » (« *La première fois que...* »).
Ex. : The first time I met (prétérit) her, she wore a hat.
La première fois que je la rencontrai, elle portait un chapeau.

6. Le present perfect continu

Le present perfect continu, appelé aussi **present perfect progressif** ou encore **present perfect en be + -ing**, fait apparaître, en plus des marqueurs habituels du present perfect (auxiliaire « have » + participe passé en -ed sauf pour les verbes irréguliers), les marqueurs de la forme continue : be + -ing :

> S + HAVE/HAS + BEEN + BV + -ing

Ex. : It's been snowing.   *Tiens ! Il a neigé.*

Au present perfect continu, les marqueurs du present perfect et ceux de la forme en be + -ing apportent leur contribution au sens global.
Dans l'exemple ci-dessus, l'énonciateur sait qu'il a neigé, détient des indices suffisants (il voit la neige par exemple au moment où il parle) pour affirmer ce qu'il dit. Il est témoin de ce qu'il décrit.
Avec le même énoncé **au present perfect simple** : « It has snowed three times this week » (« *Il a neigé trois fois cette semaine* »), l'énonciateur fait simplement le bilan dans le présent de ce qui s'est passé récemment ; il n'en est pas témoin au moment où il parle.

Rappel :
La forme simple permet de situer l'action dans le temps de façon objective.
L'énonciateur, dans ce cas, délivre une information sans la commenter.

L'action dans « It has been snowing », même si elle est terminée (il ne neige plus apparemment), est ramenée au moment de parole, à l'actuel, et ce sont les indices présents qui renseignent l'énonciateur sur une action passée.

Il faut se souvenir également du fait que la forme continue est bien plus subjective qu'une forme simple ; l'énonciateur peut, en plus de décrire une action dont il est témoin, commenter cette action et porter un jugement.

Rappel :
La forme continue, en be + -ing, relève de la notion d'aspect.
L'énonciateur, dans ce cas, ne se contente pas de situer les faits dans le temps ; il les commente, il exprime un point de vue subjectif.

Ex. : You have been drinking beer again !
Tu as (Vous avez) encore bu de la bière !

L'énonciateur sait que la personne à laquelle il s'adresse a bu ; des indices présents l'en informent (son interlocuteur sent la bière ou il voit des verres et des bouteilles vides sur la table...) et il s'en indigne, il exprime son point de vue : le reproche, la désapprobation.

Un énoncé au present perfect simple serait plus neutre :
Ex. : Now you have drunk your beer, we can go.
Maintenant que tu as (vous avez) bu ta (votre) bière, nous pouvons partir.

a) Formation du present perfect continu

On forme le present perfect continu à l'aide de l'auxiliaire **« have »**, du participe passé de « be », **been**, et d'**un verbe en « -ing »** :

> S + HAVE/HAS + BEEN + BV + -ing

Ex. : He has been playing football.   *Tiens ! Il a joué au football.*

Cet aspect utilise donc, à la fois, les marqueurs du present perfect (have + participe passé) et ceux de la forme continue (be + -ing).

b) Conjugaison au present perfect continu

Exemple du verbe lexical **« to play »** : « *jouer* ».

Remarque :

On peut remplacer les formes contractées de « have » ci-dessous par les formes pleines (cf. page 78).

AFFIRMATION :

I've been playing	We've been playing
You've been playing	You've been playing
He / She / It's been playing	They've been playing

Traduction :
J'ai joué, etc. / *Je joue*, etc.

Remarque :

Comme le present perfect simple, le present perfect continu se traduit par un présent ou un passé composé en français selon le cas.

Ex. : I've been playing for two hours.
Je joue depuis deux heures. (Présent.)

He's been playing football.
Tiens ! Il a joué au football. (Passé composé.)

INTERROGATION :

Have I been playing ?
Have you been playing ?
Has he / she / it been playing ?

Have we been playing ?
Have you been playing ?
Have they been playing ?

Traduction :
Est-ce que j'ai joué... ?, etc. / Est-ce que je joue... ?, etc.

NÉGATION :

I haven't been playing
You haven't been playing
He / She / It hasn't been playing

We haven't been playing
You haven't been playing
They haven't been playing

Traduction :
Je n'ai pas joué, etc. / Je ne joue pas, etc.

INTERRO-NÉGATION :

Haven't I been playing ?
Haven't you been playing ?
Hasn't he / she / it been playing ?

Haven't we been playing ?
Haven't you been playing ?
Haven't they been playing... ?

Traduction :
Est-ce que je n'ai pas joué... ?, etc. / Est-ce que je ne joue pas... ?, etc.

c) Emploi du present perfect continu

Comme on l'a vu précédemment, le present perfect continu, en be + -ing, permet à l'énonciateur de décrire, dans le présent, une action passée (il a des indices présents pour le faire) et, éventuellement, de commenter cette action, de porter un jugement, puisque nous savons que la forme continue (be + -ing) exprime un point de vue subjectif. Le present perfect simple est plus neutre et sert à « porter au crédit » du sujet grammatical une action (c'est le rôle de « have »).

Il faut se souvenir que le present perfect (simple ou continu) « rattrape » le passé et nous ramène toujours au temps de parole, à l'actuel.

Le présent perfect (simple ou continu) établit toujours un lien entre le passé et le présent.

La différence d'emploi entre la forme simple et continue du present perfect n'est donc pas une différence de temps (il se traduit toujours par un présent ou un passé composé en français) mais une différence d'« éclairage », de « mise en lumière ».

En effet, avec le present perfect simple, on fait le constat d'une situation ; le present perfect simple permet de faire le bilan d'une action ou d'une situation, d'en exprimer le résultat, de constater un fait.

Le present perfect continu nous renseigne surtout sur le sujet grammatical, sur l'activité du sujet grammatical et l'énonciateur, dans ce cas, ne se limite pas à donner des informations, à constater, mais exprime son point de vue.

Comparez :

1. She's **worked** now for two hours. (Present perfect simple.)
   Elle travaille maintenant depuis deux heures.

L'énonciateur porte au crédit du sujet « she » l'action « worked for two hours ». Il nous renseigne, de façon neutre, sur le temps que le sujet « she » a passé à travailler au moment où il parle (« now »).
L'énonciateur met en évidence le temps de travail.

2. She's **been working** for two hours now. (Present perfect continu.)
   Elle travaille depuis deux heures maintenant !

Ici, l'énonciateur n'est plus neutre ; on peut imaginer, selon le contexte, qu'il se réjouit, par exemple, de l'effort accompli par le sujet (il pourrait s'agir de quelqu'un qui n'a pas l'habitude de travailler si longtemps). L'énonciateur, dans ce cas, met en évidence l'effort du sujet.

Ou encore :
On peut imaginer ici, par exemple, une mère qui apprendrait à son enfant que le chien (« he ») a mangé la part de tarte qui lui était destinée :

1. He's **eaten** your tart ! (Present perfect simple.)
   Il a mangé ta tarte !

Mais il est facile d'imaginer que l'enfant qui découvrirait, avec colère et désespoir, que le chien (qui se lèche les babines par exemple) a mangé sa part de tarte dirait plutôt à sa mère :

2. He's **been eating** my tart ! (Present perfect continu.)
   Il a mangé toute ma tarte !

Ici, l'enfant, qui a des indices suffisants pour accuser le chien du méfait, le dénonce et se plaint à sa mère.

Attention :

Les verbes qui n'ont pas de forme continue (be + -ing) (to be, to know, to have, to want, to like... cf. page 62) ne peuvent donc pas s'utiliser au present perfect continu mais existent au present perfect simple.

   Ex. : I've **been** here for hours.   *Je suis là depuis des heures.*

On ne peut pas dire : « I've been being... ».

d) Ago / for / since / during...
(« Il y a... », « depuis... », « pendant... »)

Dans le cadre de l'étude du prétérit et du present perfect, il est bon de savoir traduire « *depuis* » (for et since), « *il y a* » (ago) et « *pendant* » (for et during).

II. Les temps : exprimer le passé

Quand l'action se poursuit dans le présent, on peut utiliser le present perfect simple ou continu.

En revanche, pour pouvoir traduire « depuis » en anglais, il faut savoir s'il s'agit d'une durée (ex. : *deux jours, un an, trois mois*...) ou d'une date, d'un point de départ (ex. : *1985, Noël, septembre, mon anniversaire*...).

S'il s'agit d'une durée, on utilisera « for », s'il s'agit d'une date, on utilisera « since ».

Ex. : *Elle habite ici depuis trois jours. (Durée.)*
She's been living here for three days. (Present perfect continu.)
ou   She's lived here for three days. (Present perfect simple.)

Ex. : *Elle habite ici depuis mardi. (Date.)*
She's been living here since Tuesday. (Present perfect continu.)
ou   She's lived here since Tuesday. (Present perfect simple.)

Quand l'action se poursuivait à un moment du passé : on utilise le past perfect continu.

Ex. : *Elle habitait là depuis trois jours. (Durée.)*
She had been living there for three days. (Past perfect continu.)

Ex. : *Elle habitait là depuis la guerre. (Date, point de départ.)*
She had been living there since the War. (Past perfect continu.)

Quand l'action est achevée : on utilise le prétérit simple.

Ex. : *Elle est arrivée il y a trois jours. (Action achevée.)*
She arrived three days ago. (Prétérit simple.)

Ex. : *Elle a vécu ici pendant trois jours. (Action achevée.)*
She lived here for three days. (Prétérit simple.)

On peut aussi utiliser le past perfect simple.

Ex. : *Elle avait vécu ici pendant trois jours. (Action achevée.)*
She had lived here for three days. (Past perfect simple.)

Attention :

1. « *Pendant* » se traduit par « during » quand le sens est « *au cours de...* » ou par « for » quand le sens est « *pendant la durée de...* ».
« During » répond à la question « When... ? » (« *Quand... ?* ») et indique à quel moment s'est produite l'action.
« For » répond à la question « How long... ? » (« *Pendant combien de temps... ?* ») et indique la durée de l'action.

Ex. : I went to New York during the holidays.
Je suis allé(e) à New York pendant les vacances (au cours des vacances).

II. Les temps : exprimer le passé

I stayed in New York for the holidays.
Je suis resté(e) à New York pendant les vacances (pendant la durée des vacances).

2. L'expression « *Il y a...* », suivie de la durée d'une action, n'est jamais traduite par « There is... / There are... » (cf. pages 23 et 24).

7. Le past perfect simple

Le past perfect, appelé aussi pluperfect, est la forme passée du present perfect.

Comme pour le present perfect, il existe, au past perfect, une forme simple et une forme continue (forme en be + -ing).

Le present perfect, appelé « parfait » en français, n'a pas d'équivalent dans la grammaire française ; en revanche, le past perfect correspond, la plupart du temps, au plus-que-parfait français.

Si le past perfect se traduit généralement par un plus-que-parfait français, il arrive néanmoins qu'un plus-que-parfait français se traduise par un prétérit et qu'un past perfect se traduise par un passé antérieur français.

a) Formation du past perfect

Le past perfect se forme comme le present perfect avec l'auxiliaire **« have »** suivi d'un **participe passé**, à la différence que **« have » est toujours conjugué au passé** :

> HAD + P. passé

RAPPEL DE LA CONJUGAISON DE L'AUXILIAIRE « HAVE » AU PASSÉ :

AFFIRMATION :

I had / I'd	We had / We'd
You had / You'd	You had / You'd
He / She / It had / He / She / It'd	They had / They'd

INTERROGATION :

Had I... ?
Had you... ?
Had he / she / it... ?

Had we... ?
Had you... ?
Had they... ?

INTERRO-NÉGATION :

Had I not... ? / Hadn't I... ?
Had you not... ? / Hadn't you... ?
Had he / she / it not... ? / Hadn't he / she / it... ?

Had we not... ? / Hadn't we... ?
Had you not... ? / Hadn't you... ?
Had they not... ? / Hadn't they... ?

NÉGATION :

I had not / I hadn't	We had not / We hadn't
You had not / You hadn't	You had not / You hadn't
He / She / It had not / He / She / It hadn't	They had not / They hadn't

Il faut, comme pour la formation du present perfect, se souvenir que les participes passés des verbes réguliers en anglais se forment avec -ed (ex. : loved, watched, called...) mais que ceux des verbes irréguliers ne répondent pas à cette règle et qu'il faut les apprendre par cœur (ex. : been, seen, bought, caught, cost, let...).

b) Emploi du past perfect

• Le past perfect sert à exprimer **une action antérieure à une autre action passée**.

On parle d'**antériorité dans le passé** ou **de passé dans le passé.**

En effet, lorsque, en parlant d'un moment passé, on se réfère à un passé antérieur, on emploie le past perfect simple pour parler du moment le plus ancien.

> Ex. : When they got home they found that someone **had opened** their garden gate.
> *Quand ils (elles) arrivèrent chez eux, ils (elles) s'aperçurent que quelqu'un **avait ouvert** la porte de leur jardin.*

L'action « someone had opened their garden gate » est antérieure à « when they got home... ».

> Autre exemple : She didn't understand what **had happened**.
> *Elle ne comprenait pas ce qui s'était passé.*

• On utilise souvent le past perfect pour faire des retours en arrière et ces « flashs-back » ont souvent une valeur explicative.

Comparez :

1. He **accepted** the offer. <u>Then</u> he was promoted. (Ordre chronologique.)
   prétérit
   Il accepta l'offre. Il eut <u>ensuite</u> une promotion.

2. He was promoted <u>because he **had acccepted** the offer.</u> (Flash-back.)
   past perfect
   Il eut une promotion <u>parce qu'il avait accepté l'offre</u>.
   Flash-back à valeur explicative.

• Le past perfect correspond souvent au present perfect dans un contexte passé.

Aussi il est souvent associé à des adverbes comme « already, always, before, ever / never, just... » (cf. page 78).

Ex. : When she arrived the party **had already begun**.
Quand elle arriva, la fête avait déjà commencé.

They **had never seen** anything like it before.
Ils (Elles) n'avaient jamais rien vu de tel avant.

I **had just begun** to work when the telephone rang.
Je venais (juste) de commencer à travailler quand le téléphone sonna.

• Il arrive qu'un plus-que-parfait français se traduise par un prétérit en anglais et non par un past perfect :
Ex. : « *Voici votre côtelette, madame.*
       — *Mais j'avais commandé un steak !* » (Plus-que-parfait.)
       « Here's your chop, Madam.
       — But I **ordered** a steak ! » (Prétérit.)
Ici, le plus-que-parfait français est employé pour parler d'un moment antérieur au moment présent, « *Voici votre côtelette... / Here's* (présent) *your chop...* », et non antérieur à un moment passé.

• Il arrive qu'un past perfect se traduise par un passé antérieur en français et non par un plus-que-parfait :
Ex. : When he **had finished** his work, he went for a walk.
       Quand il eut fini son travail, il alla se promener.
Ici, le français emploie le passé antérieur « eut fini » pour traduire le past perfect.

• Au style indirect, le past perfect correspond souvent à un present perfect du style direct :

Style direct :
Ex. : « **Has** anyone **seen** (present perfect) my glasses ? » I asked.
       « *Est-ce que quelqu'un a vu mes lunettes ?* » demandai-je.

Style indirect :
Ex. : I asked if anyone **had seen** (past perfect) my glasses.
       Je demandai si quelqu'un avait vu mes lunettes.

c) Conjugaison d'un verbe régulier et d'un verbe irrégulier au past perfect
Exemple du **verbe lexical régulier** « to arrive » (« *arriver* ») et du **verbe lexical irrégulier** « to come* » (« *venir* »).

* *Verbe irrégulier* **« to come »** :

Base verbale	Prétérit	Participe passé	Traduction
come	came	come	voir

Remarque :

On peut remplacer les formes contractées de « have » au passé ci-dessous par les formes pleines (cf. pages 92 et 93).

AFFIRMATION :

I'd (had) arrived	I'd (had) come
You'd arrived	You'd come
He / She / It 'd arrived	He / She / It'd come
We'd arrived	We'd arrived
You'd arrived	You'd arrived
They'd arrived	They'd arrived

Traduction :
J'étais arrivé(e), etc. / J'étais venu(e), etc.

INTERROGATION :

Had I arrived ?	Had I come ?
Had you arrived ?	Had you come ?
Had he / she / it arrived ?	Had he / she / it come ?
Had we arrived ?	Had we come ?
Had you arrived ?	Had you come ?
Had they arrived ?	Had they come ?

Traduction :
Est-ce que j'étais arrivé(e) ? ou Étais-je arrivé(e) ?, etc. / Est-ce que j'étais venu(e) ? ou Étais-je venu(e) ?, etc.

NÉGATION :

I hadn't arrived	I hadn't come
You hadn't arrived	You hadn't come
He / She / It hadn't arrived	He / She / It hadn't come
We hadn't arrived	We hadn't come
You hadn't arrived	You hadn't come
They hadn't arrived	They hadn't come

Traduction :
Je n'étais pas arrivé(e), etc. / Je n'étais pas venu(e), etc.

INTERRO-NÉGATION :

Hadn't I arrived ?	Hadn't I come ?
Hadn't you arrived ?	Hadn't you come ?
Hadn't he / she / it arrived ?	Hadn't he / she / it come ?
Hadn't we arrived ?	Hadn't we come ?
Hadn't you arrived ?	Hadn't you come ?
Hadn't they arrived ?	Hadn't they come ?

Traduction :
Est-ce que je n'étais pas arrivé(e) ? ou N'étais-je pas arrivé(e) ?, etc. /
Est-ce que je n'étais pas venu(e) ? ou N'étais-je pas venu(e) ?, etc.

8. Le past perfect continu

Comme pour le present perfect, il existe deux formes de past perfect, une forme simple et une forme continue (en be + -ing).

a) Formation du past perfect continu

Comme le present perfect continu, le past perfect continu (appelé aussi pluperfect continu) se forme avec l'auxiliaire « have » suivi du participe passé de « be », « been », et d'un verbe en -ing.
Mais à la différence du present perfect, l'auxiliaire « have » est conjugué au passé : « had ».
Le past perfect continu combine deux formes : celle du past perfect (had + participe passé) et celle de la forme continue (be + -ing). Les marqueurs du past perfect continu sont donc :

had + been + V-ing

Ex. : They **had been waiting** for two hours when the phone rang.
Ils (Elles) attendaient depuis deux heures quand le téléphone sonna.

b) Emploi du past perfect continu

• Le past perfect continu correspond au present perfect continu dans un contexte passé.

Contexte présent : present perfect continu
I've **been working** here for two years now.
Je travaille ici depuis deux ans. (Présent.)

Contexte passé : past perfect continu
When I met him he **had been working** there for two years.
Quand je l'ai rencontré, il travaillait là depuis deux ans. (Imparfait.)

• Le past perfect continu, le plus souvent employé avec « for » et « since », correspond à un imparfait en français.
Ex. : How long **had** you **been waiting** ? We **had been waiting** for months.
Depuis combien de temps attendiez-vous ? Nous attendions depuis des mois. (Imparfait.)

• Quand il n'est pas employé avec « for », le past perfect continu correspond, en français, au plus-que-parfait.
Ex. : We could see that they **had been drinking**.
On voyait qu'ils (elles) avaient bu.

c) Conjugaison au past perfect continu
Exemple du verbe lexical **« to walk »** : « *marcher* »

Remarque :
On peut remplacer les formes contractées de « have » au passé ci-dessous par les formes pleines (cf. pages 88 et 89).

AFFIRMATION :

I'd been walking	We'd been walking
You'd been walking	You'd been walking
He / She / It'd been walking	They'd been walking

Traduction :
Je marchais, j'avais marché, etc.

Remarque :
Le past perfect continu, utilisé avec « for » et « since », correspond à un imparfait en français, sinon il correspond à un plus-que-parfait.

INTERROGATION :

Had I been walking ?	Had we been walking ?
Had you been walking ?	Had you been walking ?
Had he / she / it been walking ?	Had they been walking ?

Traduction :
Est-ce que je marchais... ?, etc. / Avais-je marché... ? ou Est-ce que j'avais marché... ?, etc.

NÉGATION :

I hadn't been walking	We hadn't been walking
You hadn't been walking	You hadn't been walking
He / She / It hadn't been walking	They hadn't been walking

Traduction :
Je ne marchais pas, je n'avais pas marché, etc.

INTERRO-NÉGATION :

Hadn't I been walking ?	Hadn't we been walking ?
Hadn't you been walking ?	Hadn't you been walking ?
Hadn't he / she / it been walking ?	Hadn't they been walking ?

Traduction :
Est-ce que je ne marchais pas... ?, etc. / N'avais-je pas marché... ? ou Est-ce que je n'avais pas marché... ?, etc.

II. Les temps : exprimer l'avenir

3) EXPRIMER L'AVENIR

Il n'existe pas de temps grammatical « futur » en anglais ; il n'y a donc pas d'équivalent du futur de l'indicatif français en anglais.

L'anglais ne comporte que deux temps de l'indicatif : le présent et le prétérit.

L'avenir n'étant jamais sûr (il y a toujours une marge d'incertitude quand on se prononce sur l'avenir, contrairement au présent et au passé dont on peut être sûr), l'anglais préfère utiliser des constructions, des périphrases qui font référence à l'avenir et dispose de nombreuses façons d'exprimer des événements à venir.

Le français aussi exprime l'avenir de différentes façons et pas seulement à l'aide du futur de l'indicatif.

En effet, le présent, le verbe « *aller* » + infinitif, ou encore le verbe « *devoir* » ou des expressions comme « *être sur le point de* » et des adverbes de temps comme « *demain* », « *bientôt* », « *prochainement* », etc. permettent d'exprimer des actions ou des événements à venir.

Ex. : *Nous partons demain. / Il va pleuvoir. / Dis-lui qu'il doit partir ce soir. / Le ministre de l'Éducation nationale est sur le point de démissionner.*

1. Le couple « shall / will »

Les auxiliaires modaux **« shall »** et **« will »** renvoient au **domaine du probable** (avec « may » et « can », on est dans le domaine du possible) ; rien d'étonnant alors à ce qu'ils soient utilisés pour évoquer l'avenir.

L'énonciateur, à l'aide de ces modaux, évalue, quantifie les chances de réalisation d'un fait à venir. Il peut le juger peu probable, probable, très probable, etc.

Pour connaître les règles d'emploi des auxiliaires modaux, se reporter aux pages 44 et 45.

Remarque :

Les auxiliaires du « probable », « shall » et « will », ont des sens proches mais font apparaître, respectivement, des nuances qui relèvent d'une étude plus approfondie de l'anglais que l'étude qui est proposée dans le cadre de cet ouvrage.

Nous rappelons néanmoins, sans développer, qu'il est préférable d'utiliser, en anglais britannique et dans une langue soignée, « shall » à la première personne du singulier et du pluriel (« I » et « We »), et « will » à toutes les autres personnes.

En anglais américain, on utilise « will » à toutes les personnes du singulier et du pluriel.

II. Les temps : exprimer l'avenir

Cependant, cette distinction a tendance à disparaître aussi en anglais britannique, c'est pourquoi, dans le cadre de l'expression de l'avenir, seul « will » fera l'objet de notre étude.
Pour les autres emplois de l'auxiliaire de modalité « shall », se reporter à la leçon sur les auxiliaires modaux page 50.

a) Emploi de l'auxiliaire « will »

Avec « will », on prévoit que l'action se réalisera dans l'avenir, indépendamment de la situation présente ; c'est pourquoi « will » est souvent employé pour exprimer l'**ordre inéluctable des choses.**

Ex. : It will happen sooner or later.
Ça arrivera nécessairement un jour ou un autre.

« Will » est aussi très fréquemment associé aux **subordonnées en « If » et « When ».**

Ex. : When you come to dinner, I'll (will) make a crumble.
Quand tu viendras (vous viendrez) dîner, je ferai un crumble.

If it rains, we'll stay at home.
S'il pleut, nous resterons à la maison.

L'auxiliaire « will » permet donc d'exprimer des notions telles que :

Une intention, une volonté

Ex. : I'll (will) write to my grandparents on Sunday.
J'écrirai à mes grands-parents dimanche.

He won't (will not) come to the meeting.
Il ne viendra pas à la réunion.

Une résolution ferme

Ex. : After Christmas I'll make a diet.
Après Noël, je ferai un régime.

Une prédiction

Ex. : You'll have four children.
Vous aurez (tu auras) quatre enfants.

I'm sure it **won't** rain for the picnic on Sunday.
Je suis sûr(e) qu'il ne pleuvra pas pour le pique-nique dimanche.

L'inéluctable, un événement prédéterminé

Ex. : She will be 21 next week.
Elle aura 21 ans la semaine prochaine.

It will snow tomorrow.
Il neigera demain.

b) Conjugaison de « will »

Exemple du verbe **« to go »** : « *aller* »

Affirmation	Interrogation	Négation	Interro-négation
I'll (will) go...	Will I go... ?	I won't (will not) go	Won't I (Will I not) go... ?
J'irai...	*Est-ce que j'irai... ?*	*Je n'irai pas...*	*Est-ce que je n'irai pas... ?*

2. Be going to

a) Emploi de « be going to »

La tournure « be going to » sert à exprimer la certitude ou la conviction que quelque chose va se produire. L'action future est étroitement liée à la situation présente ; elle est la conséquence logique d'une situation présente : « *Vu ce que je sais du présent, je conclus que quelque chose va certainement se produire.* »

Ex. : It's going to rain.
Il va pleuvoir (parce que je vois des nuages noirs dans le ciel).

I'm going to miss my train.
Je vais rater mon train (parce que je suis très en retard).

Dans certains contextes, **cette forme peut exprimer une intention du sujet grammatical**. Dans ce cas, le sujet est souvent « I », « we » ou « you ».

Ex. : We're going to get married.
Nous allons nous marier (parce que nous l'avons décidé).

I'm going to work harder next year.
Je travaillerai davantage l'année prochaine (je l'ai décidé).

b) Conjugaison de « be going to »

Exemple du verbe **« to travel »** : « *voyager* »

Affirmation	Interrogation
I'm going to travel... *Je vais voyager, je voyagerai...*	Am I going to travel... ? *Est-ce que je vais voyager... ?*
Négation	**Interro-négation**
I'm not going to travel...	Am I not going to travel... ?
Je ne vais pas voyager, je ne voyagerai pas...	*Est-ce que je ne vais pas voyager... ?*

3. Le présent continu (en be + -ing)

Le présent continu peut exprimer une action à venir quand il s'agit d'actions projetées, planifiées qui doivent se produire sauf imprévu (en particulier pour des déplacements annoncés). Dans ce cas, la date de l'action ou l'horaire est précisé.

Ex. : We're **leaving** tomorrow.   *Nous partons demain.* (C'est prévu.)

Il s'agit, la plupart du temps, d'un **arrangement préalable** qui résulte d'une décision du sujet.

Ex. : We're **meeting** at the station at 3.30.
Nous nous retrouvons à la gare à 3 h 30. (C'est ce que nous avons prévu.)

4. Le présent simple

Le présent simple peut, lui aussi, s'employer pour l'expression d'un futur quand il s'agit d'un programme ou d'un horaire (dans ce cas, le programme ou l'horaire ne résulte pas de la décision du sujet).

Ex. : The train to Sarcelles **leaves** at 7.43, and we **arrive** at 7.53.
Le train pour Sarcelles part à 7 h 43 et nous arrivons à 7 h 53.

I **have** a gym class next Monday morning.
J'ai un cours de gym lundi matin.

5. Be about to

Cette tournure indique que **quelque chose est sur le point de se produire.**

Ex. : He's just about to go.   *Il est sur le point de partir.*

6. Be likely to

Cette tournure indique qu'**il y a de fortes chances pour que quelque chose se produise.**

Ex. : She's likely to work in Paris next year.
Elle travaillera probablement à Paris l'année prochaine.

7. Be to

• « Be to » indique que **quelque chose est prévu ou a été arrangé à l'avance**. On traduit souvent par « *devoir* » (mais « *devoir* » dans ce cas n'exprime pas l'obligation).

Ex. : He is to see them tomorrow.   *Il doit les voir demain* (projet).

II. Les temps : exprimer le conditionnel

- « Be to » peut aussi exprimer :
- **un ordre**, surtout à la forme négative :
  Ex. : You are not to answer back.   *Je t'interdis (vous interdis) de répondre.*

- ou encore **une nécessité**, surtout à la forme interrogative :
  Ex : What am I to do ?   *Que faut-il que je fasse ?*

- **Au passé**, « be to » exprime souvent **une décision du destin** :
  Ex. : He was to die at the age of 40. *Il devait mourir à l'âge de 40 ans.*

8. Be bound to

Cette tournure exprime **l'inexorable, ce qui ne peut manquer d'arriver.**
  Ex. : He knew he was bound to fail.
         Il savait qu'il allait échouer. (Il ne pouvait pas en être autrement.)

9. Le futur antérieur

Le futur antérieur (« future perfect ») s'emploie, comme en français, pour parler d'une action qui aura été accomplie à un moment de l'avenir.
  Ex. : I **shall (ou will) have finished** this book by Sunday.
         J'aurai fini ce livre d'ici à dimanche.

Il se forme à l'aide de **« will have + participe passé »** (« shall have » est également possible à la première personne du singulier et du pluriel).
Toutefois, après les conjonctions de temps (« when, as soon as, as long as »...) il faut un present perfect et non un future perfect :
  Ex. : Call me as soon as you **have finished**.
         Appelle-moi (Appelez-moi) dès que tu auras (vous aurez) fini.

4) EXPRIMER LE CONDITIONNEL

Il n'y a pas plus de conditionnel qu'il n'y a de futur en anglais.
Il existe néanmoins, en anglais, des périphrases à valeur de futur ou de conditionnel.
En effet, de même que les auxiliaires modaux « shall » et « will » permettent de former des périphrases à valeur de futur, les auxiliaires modaux « should » et « would » (prétérits de « shall » et « will ») servent à former des périphrases à valeur de conditionnel.

II. Les temps : exprimer le conditionnel

1. Les auxiliaires modaux à valeur de conditionnel

a) Le couple « should / would »

- Les auxiliaires modaux « should » et « would » sont les auxiliaires les plus courants que l'on utilise en anglais pour former des périphrases à valeur de conditionnel.

À la 1re personne du singulier et du pluriel (« I » et « We »), il est préférable d'employer « should » en anglais britannique et dans une langue soutenue.

En anglais américain, « would » est utilisé à toutes les personnes.

> Ex. : We should be sorry if she failed her exam.
> *Nous serions désolé(e)s si elle échouait à son examen.*
>
> I should be very disappointed if you didn't come.
> *Je serais très déçu(e) si tu ne venais pas (vous ne veniez pas).*

Néanmoins, on peut aussi employer « would » à la première personne du singulier et du pluriel en anglais britannique quand la phrase s'accompagne d'une idée de volonté, de consentement :

> Ex. : I would help you if I could.
> *Je t'aiderais (vous aiderais) volontiers si je le pouvais.*

Dans ce cas, l'énonciateur insiste sur sa volonté d'agir.

Il n'en demeure pas moins qu'aujourd'hui « would » s'emploie de plus en plus à la place de « should », d'autant qu'ils ont la même forme contractée (« 'd »).

- La forme continue (be + -ing) peut s'employer avec ces auxiliaires.

Comparez :

The man I should marry, if I were you, wouldn't be selfish.
L'homme que je devrais épouser, si j'étais à ta (votre) place, ne serait pas égoïste.

The man I should be marrying, if I were you, wouldn't be selfish.
L'homme que j'épouserais, si j'étais à ta (votre) place, ne serait pas égoïste.

Dans la deuxième phrase, « should » perd son sens de modal (obligation atténuée, suggestion ou conseil [cf. page 49]) et n'est utilisé que comme simple auxiliaire à valeur de conditionnel.

b) Autres auxiliaires modaux à valeur de conditionnel

Les auxiliaires modaux **« could »** et **« might »** (prétérits de « can » et « may »), ainsi que **« ought to »** s'emploient fréquemment aussi avec un sens de conditionnel.

II. Les temps : exprimer le conditionnel

Ex. : She **could** pass her exam if she worked harder.
Elle pourrait réussir son examen si elle travaillait davantage.

It **might** rain tomorrow.
Il se pourrait qu'il pleuve demain.

2. Emploi du « conditionnel »

On trouvera les **périphrases à valeur de conditionnel** :

- dans une principale dont la subordonnée exprime **une supposition ou une condition** ; dans ce cas, la subordonnée est introduite par **« if »** (« *si* ») et son verbe est au **prétérit**.
  Ex. : If I were you, I wouldn't eat so much.
  Si j'étais toi (vous), je ne mangerais pas tant.
  Notez « If I were you... » dans ce cas et non « If I was you ».

  If they had more money, they would buy a house.
  S'ils (si elles) avaient plus d'argent, ils (elles) achèteraient une maison.

- utilisées par **politesse**, pour faire une offre, pour adoucir une demande ou une affirmation.
  Ex. : Would you like a cup of tea ?
  Voudriez-vous (Voudrais-tu) une tasse de thé ?

  I'd (would ou should) like a drink.
  J'aimerais boire quelque chose.

  I should think he was right.
  Il me semble qu'il a raison.

- pour exprimer **le futur dans le passé**.
  Ex. : She said she would come as soon as she was ready. (Style indirect.)
  Elle a dit qu'elle viendrait dès qu'elle serait prête.

  Même exemple au style direct :
  She said : « I will come as soon as I am ready. »
  Elle dit : « Je viendrai dès que je serai prête. »

En français, le conditionnel s'emploie aussi pour annoncer des **nouvelles non confirmées.**
Cet usage du conditionnel correspond à des passifs en anglais comme « be said » ou « be reported » (on utilise plutôt « reportedly » en américain).
Ex. : *Elle serait la fille d'un acteur célèbre.*
She is said to be a famous actor's daughter.

*Le Premier ministre **aurait** l'intention de se rendre à Londres la semaine prochaine.*
The Prime Minister **is reported** as intending to go to London next week. (= The Prime Minister is **reportedly** intending to go to London next week, en anglais américain.)

3. Le « conditionnel passé »

Le conditionnel passé ou « conditional perfect » en anglais (ex. : « I should have thought..., they would have been... ») s'emploie dans les mêmes cas qu'en français.

Ex. : If he had known you, he **would have liked** you.
*S'il t'avait connu(e), il t'**aurait apprécié(e)**.*

What **would** you **have said** ?
*Qu'**auriez-vous dit** ? / Qu'**aurais-tu dit** ?*

Toutefois, après les conjonctions de temps (« when, as soon as, as long as... »), on emploie le past perfect et non le « conditional perfect ».

Ex. : He promised to call as soon as he **had finished**. (Past perfect.)
*Il a promis d'appeler dès qu'il **aurait fini** son travail.*

Le conditionnel passé français s'emploie pour annoncer des **nouvelles non confirmées** (faits passés).
Il faut traduire cet usage du conditionnel passé par des passifs en anglais : « **be said** » ou « **be reported** » (on utilise plutôt « reportedly » en américain) :

Ex. : *La guerre **aurait éclaté**.*
The war **is reported** to have broken out. (= The war **reportedly** broke out, en anglais américain.)

5) FUTUR ET CONDITIONNEL : CONCORDANCE DES TEMPS

- Il faut retenir qu'en anglais, lorsque le verbe de la principale est au futur, on emploie le présent (simple) dans les propositions subordonnées introduites par les conjonctions suivantes :
when, as soon as, as long as, until, while, before, after, whenever, wherever, who, what, as much as, if, in case.

Ex. : When I'm eighteen, I'll learn to drive.
(Présent dans la subordonnée, futur dans la principale.)
Quand j'aurai 18 ans, j'apprendrai à conduire.

I'll go wherever you go.
(Futur dans la principale, présent dans la subordonnée.)
J'irai partout où tu iras (vous irez).

II. Les temps : futur et conditionnel

- De même, lorsque le verbe de la principale est au conditionnel, on emploie le prétérit (cf. prétérit modal pages 73 à 75) dans les subordonnées introduites par les mêmes conjonctions (when, as soon as...).

  Ex. : If I had enough money, I would buy a house.
    (Prétérit dans la subordonnée, conditionnel dans la principale.)
    Si j'avais assez d'argent, je m'achèterais une maison.

    If I were an artist, I would be a painter.
    (Prétérit dans la subordonnée, conditionnel dans la principale.)
    Si j'étais un(e) artiste, je serais peintre.

- III -

Les verbes

1) FORMES ET ASPECTS DES VERBES

Il y a deux types de verbes lexicaux en anglais, les verbes réguliers et les verbes irréguliers (cf. pages 125 à 127).

a) Les formes des verbes
Les verbes lexicaux réguliers ont cinq formes.

- **La base verbale** (BV) : c'est la forme qui apparaît dans le dictionnaire (ex. : sing, carry, work, ring...).
C'est aussi la forme du présent simple à toutes les personnes sauf à la 3ᵉ personne du singulier.
> Ex. : I love you ; you love me ; we love them ; they love us...
> *Je t'aime ; tu m'aimes / vous m'aimez ; nous les aimons ; ils (elles) nous aiment...*

On emploie aussi la base verbale après les auxiliaires de modalité (ex. : I can swim / *je sais nager*), après des expressions comme « had better », « would rather », dans les structures construites avec les verbes « to make », « to let » (ex. : You make me laugh / *Tu me fais [Vous me faites] rire*), à l'impératif (ex. : Get up, stand up ! Stand up for your rights ! / *Levez-vous [Lève-toi] ! Défendez [Défends] vos [tes] droits !*), etc.

- **L'infinitif** : to sing, to carry, to work, to ring...

- L'infinitif **se conjugue** ; il peut avoir **six formes** (cf. pages 115 et 116).

À la forme négative, l'infinitif est précédé de « not ».
> Ex. : To be or not to be...   *Être ou ne pas être...*

Remarque :
On dit souvent que la base verbale et l'infinitif sont en fait deux formes d'infinitif : l'infinitif sans « to » et l'infinitif complet (c'est-à-dire avec « to »).

III. Les verbes : formes et aspects des verbes

J'ai choisi de les distinguer totalement pour éviter la confusion entre ces deux formes du verbe.

- **La base verbale + -s ou -es** : c'est la forme utilisée à la 3ᵉ personne du présent simple.

  Ex. : She loves him ; he loves her...   *Elle l'aime ; il l'aime...*

- **La base verbale + -ing** : c'est la forme du participe présent et du gérondif (ex. : singing, carrying, working, ringing...).

C'est aussi la forme utilisée pour la forme continue, en be + -ing, au présent continu, prétérit continu...

Ex : I'm working ;   she's singing ;   he was sleeping...

Je travaille ;   elle chante ;   il dormait...

- **La base verbale + -ed** : c'est la forme du prétérit et du participe passé des verbes réguliers (ex. : worked, played, carried...).

Le participe passé s'emploie pour former le present perfect, le past perfect et le passif.

Ex. : He's (has) finished his lunch. (Present perfect.)

Il a terminé de déjeuner.

Le participe passé peut aussi servir d'adjectif qualificatif ou de substantif* simple ou composé (ex. : broken / *cassé(e)* ; well-known / *célèbre* ; a grown-up / *un(e) adulte...*).

* *Un substantif est un nom courant.*

Les verbes lexicaux irréguliers peuvent, en revanche, avoir quatre, cinq ou six formes.

Ils ont en commun avec les verbes réguliers les quatre premières formes : la base verbale, l'infinitif, la base verbale + -s ou -es, la base verbale + -ing.

En revanche, pour le prétérit et le participe passé, il y a plusieurs possibilités.

On peut définir quatre groupes de verbes irréguliers :

▶ **1ᵉʳ groupe** : les trois formes (la base verbale BV, le prétérit et le participe passé) sont identiques.

Ex. : « to cost » (« *coûter* »), « to cut » (« *couper* »), etc.

Le verbe n'a que quatre formes :

- cut (BV + prétérit + participe passé)
- to cut (infinitif)
- cuts (3ᵉ personne du singulier au présent simple)
- cutting (participe présent et gérondif ; forme continue en be + -ing)

▶ **2ᵉ groupe** : la base verbale et le participe passé sont identiques.

Ex. : « to become » (« *devenir* »), « to run » (« *courir* »), etc.

III. Les verbes : formes et aspects des verbes

Le verbe a 5 formes :
- run (BV + participe passé)
- to run (infinitif)
- ran (prétérit)
- runs (3ᵉ personne du singulier au présent simple)
- running (participe présent et gérondif)

▶ **3ᵉ groupe** : le prétérit et le participe passé sont identiques.
Ex. : « to bring » (« *apporter* »), « to buy » (« *acheter* »), etc.

Le verbe a 5 formes :
- bring (BV)
- to bring (infinitif)
- brought (prétérit et participe passé)
- brings (3ᵉ personne du singulier au présent simple)
- bringing (participe présent et gérondif)

▶ **4ᵉ groupe** : toutes les formes sont différentes.
Ex. : « to be » (« *être* »), « to draw » (« *dessiner* »)

Le verbe a 6 formes :
- draw (BV)
- to draw (infinitif)
- drew (prétérit)
- drawn (participe passé)
- draws (3ᵉ personne du singulier au présent simple)
- drawing (participe présent et gérondif)

Tableau récapitulatif des différents groupes de verbes irréguliers :

	Base verbale (BV)	Prétérit	Participe passé
Groupe 1	cost cut	cost cut	cost cut
Groupe 2	become run	became ran	become run
Groupe 3	bring buy	brought bought	brought bought
Groupe 4	be draw	was / were drew	been drawn

b) Les aspects

Il y a deux aspects en anglais :
- l'aspect have + -en* (= have + participe passé), appelé aussi **aspect perfectif**.
- l'aspect be + -ing, appelé aussi **aspect continu ou aspect progressif**.

* -en *est le marqueur du participe passé anglais.*

III. Les verbes : prépositionnels et à particule

Le participe passé des verbes réguliers se forme, comme le prétérit, à l'aide de -ed (attention aux verbes irréguliers) ; mais pour éviter toute confusion entre le prétérit et le participe passé, -ed est le marqueur du prétérit et -en celui du participe passé.

- l'aspect have + -en (participe passé) est employé pour le present perfect et le past perfect.

L'aspect perfectif sert à évoquer un « aspect du présent » (present perfect) ou un « aspect du passé » (past perfect) ; dans les deux cas, l'énoncé est orienté sur le sujet grammatical, que l'on « crédite » (c'est le rôle de « have ») d'une action.

- l'aspect be + -ing correspond à la forme continue (ou progressive), par opposition à la forme simple des temps grammaticaux de l'anglais et indique, dans tous les cas, une prise de position de l'énonciateur, de celui qui parle. L'énoncé n'est pas neutre mais « filtré », « commenté » par l'énonciateur.

2) LES VERBES PRÉPOSITIONNELS ET LES VERBES À PARTICULE

Il existe en anglais de nombreux verbes composés.
On distingue deux types de verbes composés, les verbes à préposition (prepositional verbs) et les verbes à particule (phrasal verbs).
Attention, ce sont souvent les mêmes mots qui servent de préposition et de particule ; il ne faut pas les confondre.

Comparez :

It depends **on** (préposition) you.
Cela dépend de toi (vous).

Put your shoes **on** (particule) !
Mets (mettez) tes (vos) chaussures !

Dans le premier cas, « on » est une préposition ; le verbe « to depend on » (« dépendre de ») est un verbe prépositionnel.
Dans le second cas, « on » est une particule ; le verbe « to put on » (« mettre ») est un verbe à particule.

a) Les verbes à particule
Il faut retenir que :
- la particule est un adverbe ; on parle de particule adverbiale.
- un verbe à particule peut se construire sans complément, contrairement aux verbes prépositionnels. La particule adverbiale complète le verbe.

III. Les verbes : prépositionnels et à particule

Ex. : He went **away**.
Il s'en alla.

She called him, so he ran **up**.
Elle l'appela, donc il monta en courant.

Les particules adverbiales « away » et « up » complètent respectivement les verbes « go » (« went » au prétérit) et « run » (« ran » au prétérit) ; les verbes « go away » (« s'en aller ») et « run up » (« monter en courant ») sont donc des verbes à particule.

Parfois, l'adverbe seul peut être utilisé avec la valeur du verbe.

Ex. : **Off** with you !   *Allez-vous-en ! / Va-t'en !*

• seule une particule est mobile, séparable du verbe qu'elle accompagne.

On peut dire :   – He took **off** his hat.
              Il enleva son chapeau.

          – He took his hat **off**.
              Il enleva son chapeau.

          – He took it **off***
              Il l'enleva.

* *Quand on remplace le complément d'objet direct par un pronom (« it » au lieu de « his hat »), la particule se place alors après le pronom complément.*

Une préposition, en revanche, ne se sépare pas du verbe qu'elle accompagne et se place toujours après ce verbe.

• une particule précise ou modifie le sens d'un verbe.

Ex. : to wash : *laver*
to wash **up** : *faire la vaisselle*

ou encore

to sit : *être assis*
to sit **down** : *s'asseoir*
to sit **up** : *se redresser*

• il arrive qu'un même verbe puisse être tantôt un verbe prépositionnel, tantôt un verbe à particule.

Le verbe a des sens différents à chaque fois ; c'est le cas de « **to look** » qui signifie « *avoir l'air, sembler* ».

Il peut être aussi un **verbe à particule** :

Ex. : To look **up** : *lever les yeux ; aller mieux*
To look **down** : *baisser les yeux*
To look **back** : *regarder en arrière*

III. Les verbes : prépositionnels et à particule

ou un verbe prépositionnel :
> Ex. : To look at : *regarder*
> To look after : *s'occuper de*
> To look for : *chercher*
> To look into : *regarder dans*

b) Les verbes prépositionnels

Il faut retenir que :
- la préposition (si elle apparaît) introduit toujours un complément.
  > Ex. : Look at this ! *Regarde(z) ça !*

La préposition « at » introduit le complément « this ».
Le verbe « to look at » est **un verbe prépositionnel**.
Lorsqu'il n'y a pas de complément, la préposition n'apparaît pas.
> Ex. : Look ! *Regarde(z) !*

- on maintient la préposition à droite du verbe dans :
  - les questions :
    What is she waiting for ?
    Qu'est-ce qu'elle attend ?
  - les relatives :
    The man you're thinking of is still married.
    L'homme auquel tu penses (vous pensez) est toujours marié.
  - les formes passives :
    I was made fun of.
    On s'est moqué de moi.
  - les constructions à l'infinitif du type :
    There's nothing to worry about.
    Il n'y a pas de quoi s'inquiéter.

- Certains verbes ont deux constructions :
  - avec préposition :
    My niece gave a nice drawing to me.
    Ma nièce m'a donné un joli dessin.
  - sans préposition :
    My niece gave me a nice drawing.
    Ma nièce m'a donné un joli dessin.

- L'usage des prépositions est très souvent différent en anglais et en français ; nombreux sont les cas où :
  - l'équivalent français d'un verbe prépositionnel anglais s'emploie sans préposition (ex. : to look at something / *regarder quelque chose* ; to listen to something / *écouter quelque chose* ; to look for something / *chercher quelque chose*...).

III. Les verbes : prépositionnels et à particule

- ou inversement, il y a une préposition en français et non en anglais (ex. : répondre à une question / *to answer a question* ; entrer dans une pièce / *to enter a room*...).

- ou encore, la préposition en anglais n'a rien de commun avec la préposition utilisée en français (ex. : to laugh at / *rire de* ; to participate in / *participer à* ; to think about / *penser à* ; to depend on / *dépendre de*...).

Les verbes prépositionnels et les verbes à particule sont une source de difficultés pour ceux qui apprennent l'anglais ; ils sont très nombreux et la difficulté vient de ce qu'il n'y a pas de règles d'emploi mais que l'on doit s'en remettre à l'usage, souvent différent d'une langue à l'autre, de l'anglais au français notamment.

Il est donc très important de les noter et de les apprendre par cœur au cours de son apprentissage de l'anglais. D'autant que les prépositions, par exemple, ne sont pas seulement nécessaires à un certain nombre de verbes mais accompagnent souvent aussi un nom dans des expressions (ex. : on foot / *à pied* ; in the sun / *au soleil*...) ou un adjectif (ex. : good at / *bon en* ; interested in / *intéressé par*...).

Une bonne connaissance de l'usage de ces particules et prépositions relève à la fois de l'enrichissement de vocabulaire et de la correction grammaticale nécessaires à l'apprentissage et à la pratique de toute langue.

Liste des principaux verbes prépositionnels :

To abide by the law : *respecter la loi*
To account for sth (something) : *expliquer qch (quelque chose)*
To accuse sb (somebody) of (doing) sth : *accuser qn (quelqu'un) de (faire) qch*
To agree with sb on sth : *être d'accord avec qn sur qch*
To aim at sth : *viser qch*
To apologize for (doing) sth : *s'excuser de faire qch*
To approve of sth : *approuver qch*
To arrive in time : *arriver à temps*
To arrive on time : *arriver à l'heure*
To blame sb for sth : *reprocher qch à qn*
To borrow sth from sb : *emprunter qch à qn*
To break into a house : *entrer par effraction*
To charge sb with sth : *accuser qn de qch*
To confess to doing sth : *avouer avoir fait*
To confide to sb : *faire des confidences à qn*
To congratulate sb on sth : *féliciter qn de qch*
To consist in doing sth : *consister à faire qch*

III. Les verbes : prépositionnels et à particule

To consist of different things : *se composer de choses différentes*
To cope with sth : *faire face à qch*
To count on sth : *compter sur qch*
To deal with sth : *s'occuper de qch*
To delight in sth : *se réjouir de qch*
To depend on sth : *dépendre de qch*
To deter sb from doing sth : *dissuader, empêcher qn de faire qch*
To devote oneself to (doing) sth : *se consacrer à (faire) qch*
To disagree with sb on sth : *ne pas être d'accord avec qn sur qch*
To disapprove of sth : *désapprouver qch*
To escape from somewhere : *s'échapper d'un lieu*
To excuse sb for (doing) sth : *excuser qn de (faire) qch*
To expect sth from sb : *attendre qch de qn*
To forgive sb for sth : *pardonner qch à qn*
To get on well with sb : *bien s'entendre avec qn*
To get used to (doing) sth : *s'habituer à (faire) qch*
To glance at sth : *jeter un coup d'œil sur qch*
To hear from sb : *avoir des nouvelles de qn*
To hear of sth : *entendre parler de qch*
To hope for sth : *espérer qch*
To indulge in doing sth : *s'adonner à qch*
To insist on doing sth : *vouloir absolument faire qch*
To keep from doing sth : *s'abstenir de faire qch*
To laugh at sb : *se moquer de qn*
To limit oneself to doing sth : *se limiter à faire qch*
To live by oneself : *vivre tout seul*
To live through sth : *survivre à qch*
To long to (doing) sth : *avoir très envie de (faire) qch*
To look after sb : *s'occuper de qn*
To look at sth : *regarder qch*
To look for sth : *chercher qch*
To look forward to doing sth : *attendre avec impatience, avoir hâte de faire qch*
To look like sb : *ressembler à qn*
To make for the door : *se diriger vers la porte*
To make up for something : *compenser qch*
To mistake sb for sb else : *confondre qn avec qn d'autre*
To object to doing sth : *désapprouver qch*
To pay (£x) for sth : *payer qch tant d'argent*
To persist in doing sth : *s'obstiner à faire qch*
To prevent sb from doing sth : *empêcher qn de faire qch*
To pride oneself on doing sth : *être fier de faire qch*
To provide for sb : *subvenir aux besoins de qn*

To provide sb with sth : *fournir qch à qn*
To put up with sb : *supporter qn*
To rely on sb : *compter sur qn*
To reproach sb for sth : *reprocher qch à qn*
To rob sb of sth : *dérober qch à qn*
To stand for sth : *représenter qch*
To steal sth from sb : *voler qch à qn*
To succeed in doing sth : *réussir à faire qch*
To take to doing sth : *prendre l'habitude de faire qch*
To think of doing sth : *envisager de faire qch*
To threaten sb with sth : *menacer qn de qch*

3) Les verbes pronominaux

Le verbe pronominal est rare en anglais.
On emploie en français des pronoms réfléchis ou réciproques que l'on ne retrouve que rarement en anglais :

Ex. : *Il se lave.* Verbe pronominal « *se laver* » ; « *se* » dans « *Il se lave* » est un **pronom réfléchi**.

He's washing. Verbe « to wash » ; aucun pronom réféchi.

Elles se battent. Verbe pronominal « *se battre* » ; « *se* » dans « *Elles se battent* » est un **pronom réciproque**.

They're fighting. Verbe « to fight » ; aucun pronom réciproque.

Si les verbes pronominaux sont bien plus rares en anglais qu'en français, on distingue néanmoins en anglais aussi les pronoms réfléchis et les pronoms réciproques.

a) Les pronoms réfléchis

Au singulier :	1re personne	myself

Au singulier :	1re personne	myself
	2e personne	yourself
	3e personne	himself (masculin) / herself (féminin) / itself
Au pluriel :	1re personne	ourselves
	2e personne	yourselves
	3e personne	themselves

Ex. : I really enjoyed myself this summer.
Je me suis vraiment bien amusé(e) cet été.

On emploie « **oneself** » à l'infinitif quand le verbe est pronominal (ex. : to defend oneself / « *se défendre* »).

III. Les verbes : les verbes pronominaux

b) Les pronoms réciproques

Les pronoms réciproques **« each other »** et **« one another »** sont des expressions invariables dont le sens est pluriel (échange entre deux ou plusieurs sujets).

En principe, **« each other »** s'emploie pour **deux sujets** et **« one another »** pour **plus de deux sujets.**

> Ex. : *Ils s'aiment.*
> They love each other (s'il s'agit de deux personnes, un couple par exemple).
> They love one another (s'il s'agit de plus de deux personnes, une famille par exemple).

Mais aujourd'hui, ces expressions sont pratiquement synonymes.

c) Emploi des verbes pronominaux en anglais

Les pronoms réfléchis en anglais (myself, yourself...) servent à insister sur le fait que le sujet fait l'action lui-même.

> Ex. : He killed himself (to kill / *« tuer »* ; to kill oneself / *« se tuer »*).
> *Il s'est suicidé.*
>
> She can dress herself.
> *Elle sait s'habiller seule.*

Attention, *« s'habiller »* se dit « to dress » en anglais donc l'emploi du pronom réfléchi, ici, sert à insister sur le fait que le sujet peut s'habiller seul.

Précédé de **« by »**, le pronom réfléchi prend le sens de **« alone »** (*« tout[e] seul[e] »*).

> Ex. : She spent the evening by herself.
> *Elle a passé la soirée toute seule.*

Il existe donc des verbes pronominaux anglais qui correspondent à leurs équivalents français comme « to kill oneself », « se *suicider* », « to enjoy oneself », « s'*amuser* », « to help oneself », « se *servir* » mais encore une fois, ils sont bien moins nombreux en anglais qu'en français ; et il est courant de voir **un verbe pronominal français correspondre à un verbe simple anglais.**

C'est, entre autres, le cas des verbes suivants qu'il faut connaître :

S'apercevoir : *to notice*
S'arrêter : *to stop*
Se battre : *to fight*
Se concentrer : *to concentrate*
Se décider : *to decide*
Se demander : *to wonder*
Se dépêcher : *to hurry*

III. Les verbes : les verbes pronominaux

Se disputer : *to quarrel*
S'ennuyer : *to be bored / to get bored*
S'habiller : *to dress / to get dressed*
Se laver : *to wash*
Se lever : *to get up*
Se raser : *to shave*
Se rassembler : *to gather*
Se rencontrer : *to meet*
Se réveiller : *to wake up*
Se sentir : *to feel*
Se séparer : *to part*
Se servir de : *to use*
Se souvenir de, se rappeler de : *to remember*

Le français ne distingue pas la forme pronominale à sens réfléchi (myself, yourself...) et la forme pronominale à sens réciproque (each other, one another...). L'anglais, en revanche, fait nettement la différence.

Dans beaucoup de cas, la forme pronominale en français a un sens réciproque (ex. : *se battre* ; *s'aimer* ; *se détester*...) ; il faut toujours se demander s'il s'agit de « *(avec) soi-même* » ou de « *l'un l'autre / les uns les autres* », la traduction anglaise sera alors différente dans un cas et dans l'autre.

Forme pronominale réciproque :

Ex. : Ils *s'aiment* vraiment (l'un l'autre).
They really love **each other**.

Vous devriez **vous aider** (l'un l'autre / les uns les autres) !
You should help **each other / one another** !

Forme pronominale réfléchie :

Ex. : Si seulement vous pouviez **vous voir** (vous-même) !
I wish you could see **yourself** !

En résumé, il ne faut pas confondre :
They killed themselves.
Ils se sont suicidés (verbe pronominal à sens réfléchi).
et
They killed one another.
Ils se sont entre-tués (verbe pronominal à sens réciproque).

Les pronoms réciproques peuvent se mettre **au cas possessif.**
Ex. : They threw themselves into **each other's** arms.
Ils (Elles) se jetèrent dans les bras l'un(e) de l'autre.

They threw themselves into **one another's** arms.
Ils (Elles) se jetèrent dans les bras les un(e)s des autres.

III. Les verbes : base verbale, infinitif ou forme en -ing

4) BASE VERBALE, INFINITIF OU FORME EN -ING ?

1. La base verbale

On trouve la base verbale (appelée aussi « l'infinitif sans to ») :

– à toutes les personnes du présent simple (sauf à la 3ᵉ personne du singulier) :
Ex. : I love you.
Je t'aime. / Je vous aime.

– après les auxiliaires modaux :
Ex. : I can swim.
Je sais nager.

– après les expressions modales :
Ex. : You'd better stay.
Tu ferais (Vous feriez) mieux de rester.

I'd rather stay.
Je préférerais rester.

– à l'impératif :
Ex. : Stay here !
Reste[z] ici !

– après « Why / Why not » dans les questions sans sujet :
Ex. : Why waste all this time waiting for him ?
Pourquoi perdre tout ce temps à l'attendre ?

Why not go ?
Pourquoi ne pas partir ?

– après les verbes de perception (to see, to hear, to feel, to taste, to smell...), sauf au passif :
Ex. : I heard her laugh.
Je l'ai entendue rire.

Attention :
He was seen to sleep. (Passif.)
On l'a vu dormir.

Remarque : ces verbes peuvent être aussi suivis de la forme en -ing ; dans ce cas, l'action est vue dans son déroulement ; la forme en -ing donne une valeur beaucoup plus descriptive.
Ex. : I saw him arriving.
J'ai vu son arrivée.

III. Les verbes : base verbale, infinitif ou forme en -ing

– après « let » et « make » :
Ex. : She let me go.
Elle m'a laissé(e) partir.

He made me go.
Il m'a fait partir.

– après des expressions figées comme :
To let go of   *lâcher*
To let slip   *laisser échapper*
To make do with   *se contenter de*

– après « except » et « but », dans le sens de « sauf » :
Ex. : He did nothing but (= except) worry.
Il n'a rien fait d'autre que de s'inquiéter.

Attention : « except » et « but » sont les seules prépositions qui, quand elles sont suivies d'un verbe, ne sont pas construites avec un gérondif (forme en -ing).

2. L'infinitif

a) Avant-propos sur l'infinitif en anglais
Avant tout, il ne faut pas confondre l'infinitif et la base verbale.

Exemple avec le verbe **« to help »** (« *aider* ») :

Base verbale : help
Ex. : I can help you.
Je peux t'aider.

Infinitif : to help
Ex. : I want to help you.
Je veux t'aider.

L'infinitif, en anglais, **est précédé de « to » ; il se conjugue** :
• Infinitif présent, forme simple : to help
Ex. : I want to help you.
Je veux t'aider.
• Infinitif présent, forme continue (ou progressive) : to be helping
Ex. : I'd like to be helping you.
J'aimerais être en train de t'aider.
• Infinitif passé, forme simple : to have helped
Ex. : It seems to have helped you.
On dirait que cela t'a aidé.
• Infinitif passé, forme continue (ou progressive) : to have been helping
Ex. : He seems to have been helping them all day.
On dirait qu'il les a aidé(e)s toute la journée.

III. Les verbes : base verbale, infinitif ou forme en -ing

- Infinitif passé, présent : to be helped
  Ex. : I need to be helped.
    J'ai besoin que l'on m'aide.
- Infinitif passif, passé : to have been helped
  Ex. : She's the only one to have been helped.
    Elle est la seule qui a été aidée.

À la forme négative, l'infinitif est précédé de « not » :
  Ex. : « To be or not to be... »   *« Être ou ne pas être... »*

b) On trouve l'infinitif
- après de nombreux verbes et notamment ceux projetant l'action dans l'avenir, parmi lesquels les verbes de volonté ou de désir : to decide, to plan, to refuse, to want, to hope, to intend, etc. :
  Ex. : I hope to see them next week.
    J'espère les voir la semaine prochaine.

- après to allow, I can't afford, to ask, to expect, to force, to try.

- en complément d'adjectif :
  Ex. : It's difficult to understand.
    C'est difficile à comprendre.

- en complément de certains noms :
  Ex. : I won't forget his refusal to help us.
    Je n'oublierai pas son refus de nous aider.

- pour exprimer le but, « pour », « afin de », seul ou dans les expressions « in order to » (« dans le but de ») et « so as to » (« afin de ») :
  Ex. : We're getting up early tomorrow to go skiing.
    Nous nous levons tôt demain pour aller skier.

  He'll hurry up so as not to keep you waiting.
    Il va se dépêcher pour ne pas te (vous) faire attendre.

Formes négatives : « in order not to », « so as not to ».
L'infinitif exprimant le but peut être précédé de « as if » :
  Ex. : She put her hand in her pocket as if to take out her handkerchief.
    Elle mit sa main dans sa poche comme pour sortir son mouchoir.

- après des adjectifs (ou adverbes) accompagnés de « too » ou de « enough » :
  Ex. : We're too young to die.
    Nous sommes trop jeunes pour mourir.
et dans l'expression « to be so + adjectif + as to... » :
  Ex. : Will you be so kind as to give me a lift to Paris ?
    Auriez-vous (Aurais-tu) l'amabilité de me déposer à Paris ?

III. Les verbes : base verbale, infinitif ou forme en -ing

– après un pronom relatif :
   Ex. : He told me where to go.
       Il m'a dit où aller.
– dans des propositions infinitives introduites par « for » (à ne pas confondre avec la proposition infinitive ou « It's time for... » ou encore par « There's no need for... » :
   Ex. : There's no need for you to worry.
       Il n'y a aucune raison pour que tu t'inquiètes (vous vous inquiétiez).

       It's time for me to leave.
       Il est temps que je parte.
– en début de phrase, comme sujet de la phrase :
   Ex. : To wait for him would be a waste of time, he's never on time.
       L'attendre serait une perte de temps, il n'est jamais à l'heure.

– dans certains cas, l'infinitif se présente de façon elliptique, c'est-à-dire que le verbe est sous-entendu :
   Ex. : You do it if you want to (sous-entendu : « ... if you want to do it »).
       Tu le fais si tu le veux. / Vous le faites si vous le voulez.

L'infinitif, dans ce cas, est réduit à sa particule « to » (appelée alors « to anaphorique ») pour éviter une répétition. L'infinitif elliptique existe à la forme négative :
   Ex. : He wanted to smoke but she asked him not to.
       Il voulait fumer mais elle lui a demandé de ne pas le faire.

       Don't eat it if you don't want to.
       Ne le mange(z) pas si tu n'en veux (vous n'en voulez) pas.

3. La proposition infinitive

Ce que l'on appelle en grammaire anglaise **« la proposition infinitive »** n'a pas d'équivalent en grammaire française.
C'est une construction propre à la langue anglaise qu'il faut connaître afin d'éviter de nombreuses erreurs de traduction.
Seul un nombre restreint de verbes anglais admettent la proposition infinitive mais ces verbes sont très courants.
Utiliser ces verbes et la proposition infinitive demande à l'apprenant français un effort de mémoire et de compréhension pour manipuler et transformer la phrase en une construction grammaticale qui n'existe pas dans sa langue.
Observez les trois phrases suivantes :

1. I want **to help you**.   *Je veux t'aider.*
            complément

III. Les verbes : base verbale, infinitif ou forme en -ing

2. I want **Mary to help you**.   *Je veux que Marie t'aide.*
        complément
3. I want **her to help you**   *Je veux qu'elle t'aide.*
        complément

Chacune de ces phrases contient une proposition infinitive ; on reconnaît l'infinitif « to help » dans les trois exemples, mais ce qui fait de la proposition infinitive une construction propre à la langue anglaise est illustré dans les phrases 2 et 3.

a) *Formation de la proposition infinitive*
La construction des phrases 2 et 3 est la suivante :

> Sujet + want + nom ou pronom complément + infinitif (to ...)

Dans les exemples ci-dessus (1, 2, 3), tout ce qui est souligné est **complément** de « I want ». C'est pourquoi, dans la phrase 3, le pronom qui remplace « Mary » est le **pronom complément** « her » et non le pronom sujet « she ».

Autres exemples :

I don't want them to stay
Je ne veux pas qu'ils (qu'elles) restent.

He'd like John (or him) to come.
Il aimerait que John (ou qu'il) vienne.

They did'nt ask me to wait.
Ils (Elles) ne m'ont pas demandé d'attendre.

She doesn't allow her children (or them) to go out alone.
Elle n'autorise pas ses enfants (Elle ne les autorise pas) à sortir seuls.

Rappel des pronoms personnels sujets et compléments en anglais :

Pronoms personnels **sujets**	I	You	He	She	It	We	You	They
Pronoms personnels **compléments**	me	you	him	her	it	us	you	them

Le calque, c'est-à-dire la traduction mot à mot d'une langue à l'autre, induit à bien des erreurs.
Dans le cas de la proposition infinitive, l'apprenant français est souvent tenté de calquer sa traduction sur le français, ce qui l'amène à traduire les phrases 2 et 3, par exemple, de la façon suivante : « I want *that Mary helps you* » ou « I want *that she helps you* ».

III. Les verbes : base verbale, infinitif ou forme en -ing

Pour éviter ce type d'erreurs, il est impératif de connaître les verbes anglais, comme « want », employés avec **la proposition infinitive**.

b) Liste des principaux verbes anglais, employés avec la proposition infinitive

To **want** somebody to do something
Vouloir que quelqu'un fasse quelque chose

To **ask** somebody to do something
Demander à quelqu'un de faire quelque chose

To **expect** somebody to do something
S'attendre (à ce) que quelqu'un fasse quelque chose

To **hate** somebody to do something
Détester que quelqu'un fasse quelque chose

To **need** somebody to do something
Avoir besoin que quelqu'un fasse quelque chose

To **order** somebody to do something
Ordonner à quelqu'un de faire quelque chose

To **prefer** somebody to do something
Préférer que quelqu'un fasse quelque chose

To **remind** somebody to do something
Rappeler à quelqu'un de faire quelque chose

To **teach** somebody to do something
Apprendre à quelqu'un à faire quelque chose

To **allow** somebody to do something
Permettre à quelqu'un de faire quelque chose

To **force** somebody to do something
Forcer quelqu'un à faire quelque chose

To **tell** somebody to do something
Ordonner à quelqu'un de faire quelque chose

To **advise** somebody to do something
Conseiller à quelqu'un de faire quelque chose

To **wish** somebody to do something
Souhaiter que quelqu'un fasse quelque chose

To **wait** for somebody to do something
Attendre que quelqu'un fasse quelque chose

III. Les verbes : base verbale, infinitif ou forme en -ing

I'd like (You'd like, He'd like...) somebody to do something
   *J'aimerais (Tu aimerais, Il aimerait...) que quelqu'un fasse quelque
   chose*

c) La proposition infinitive sans « to »

Il existe des verbes dont la construction est très proche de la proposition
infinitive. En effet, leur schéma est le suivant :

> Sujet + make + nom ou pronom complément + base verbale

Ex. : He makes them laugh   *Il les fait rire.*
La construction du verbe « make » ci-dessus est si proche de la proposition
infinitive qu'elle est souvent appelée : la proposition infinitive sans « to ».

Comparons :
   He wants me to drive.   *Il veut que je conduise.*
         proposition infinitive
et
   He makes me drive.   *Il me fait conduire.*
         proposition infinitive sans « to »

Les **deux principaux verbes de la proposition infinitive sans « to »**
sont :

To make somebody do something
   Faire faire quelque chose à quelqu'un

To let somebody do something
   Laisser quelqu'un faire quelque chose

Remarque :
Les verbes de perception « see » (« voir ») et « hear » (« entendre ») peuvent
aussi être suivis parfois d'un nom ou pronom complément et d'une base
verbale.
   Ex. : We heard a lion roar   *Nous avons entendu rugir un lion.*

   I saw the man run away   *J'ai vu l'homme s'enfuir en courant.*

4. La forme en -ing

Les formes verbales en -ing peuvent être selon le cas : un participe
présent, un gérondif ou un adjectif verbal.

a) Le participe présent est un verbe qui s'emploie

– pour construire la forme continue avec l'auxiliaire « be » :
   Ex. : The children are having breakfast in the kitchen.
      Les enfants prennent leur petit déjeuner dans la cuisine.

III. Les verbes : base verbale, infinitif ou forme en -ing

– après « when » et « while » :
Ex. : When realizing her mistake, she apologized at once.
Quand elle se rendit compte de son erreur, elle fit ses excuses immédiatement.

She was listening to music while cooking.
Elle écoutait de la musique tout en cuisinant.

– comme équivalent de l'expression « en + participe présent » :
Ex. : She left, taking all her things away.
Elle partit en emportant toutes ses affaires.

b) Le gérondif

On parle souvent du gérondif comme d'un « nom verbal » ; en effet, le gérondif a les propriétés d'un nom (il peut être sujet ou complément d'objet) et celles d'un verbe (il admet les compléments).
On emploie donc **le gérondif (V-ing) :**

– en tant que verbe :
Ex. : **Painting** tin soldiers used to be his favourite hobby.
Peindre des soldats de plomb était autrefois son passe-temps favori.

– en tant que nom :
Ex. : **Reading** is what she likes best (gérondif sujet).
La lecture, c'est ce qu'elle préfère.

I like her **singing** (gérondif complément).
J'aime sa façon de chanter.

Autres exemples : travelling : *les voyages* ; teaching : *l'enseignement* ; hunting : *la chasse à courre* ; to do the shopping, the cooking, the washing up... : *faire les courses, la cuisine, la vaisselle...*

– après toutes les prépositions (in, of, with, about, for...) à l'exception de « except » et « but » (dans le sens de « sauf ») :
Ex. : He's not interested in swimming.
Il n'est pas intéressé par la natation.

– de ce fait, on trouve le gérondif après les adjectifs ou les verbes (verbes prépositionnels) construits avec des prépositions.

Exemples d'**adjectifs suivis du gérondif :**
To be crazy about, to be fond of, to be keen on, to be mad about...
être passionné de...

Exemples de **verbes suivis du gérondif :**
To accuse of (*accuser de*), to think of (*penser à*), to thank for (*remercier pour*), to feel like (*avoir envie de*)...

III. Les verbes : base verbale, infinitif ou forme en -ing

Cas particulier de « to » :
« To » peut être **tantôt la marque de l'infinitif** (ex. : to read, « lire »)
tantôt **préposition :**
> Ex. : She looks forward to seeing you again.
> *Il lui tarde de te revoir.*

Il existe un certain nombre de verbes, comme « to look forward to »
(« *avoir hâte de, attendre avec impatience* »), construits avec la préposition « to ». Lorsqu'ils sont suivis d'un verbe, ce verbe est nécessairement un gérondif (comme « seeing » dans l'exemple précédent).

To be used to : *être habitué à**
To devote time to : *consacrer du temps à*
To get used to : *s'habituer à**
To object to : *désapprouver*
To look forward to : *avoir hâte de, attendre avec impatience*
To take to : *se mettre à (une habitude)*
To accustom to : *accoutumer à*
To amount to : *équivaloir à / revenir à*
To be given to : *être enclin à*
To be reduced to : *(en) être réduit à*
To confess to : *avouer*
To confine oneself to : *se borner à, se cantonner à*
To contribute to : *contribuer à*

* Ne pas confondre :

To be used to	I'm not used to working so early.
	Je ne suis pas habitué(e) à travailler si tôt.
To get used to	I never got used to working so early.
	Je ne me suis jamais habitué(e) à travailler si tôt.

et

« used to » (cf. pages 70 et 71)	I used to work earlier. I didn't use to wake up at 8 o'clock. *Avant, je travaillais plus tôt. Je ne me levais pas à 8 heures.*

On trouve aussi le gérondif :

– après les verbes ou expressions suivants (attention, certains verbes, comme « to like », « to love », « to hate », « to begin »... admettent d'être suivis d'un gérondif ou d'un infinitif, selon le contexte – cf. page 124) :

To burst out laughing : *éclater de rire*
To go on, to keep on : *continuer, ne cesser de*
To stop, to finish : *arrêter de*

III. Les verbes : base verbale, infinitif ou forme en -ing

To succeed in : *réussir à*
To begin, to start : *commencer*
To cease : *cesser*
To continue : *continuer*
To spend one's time / money : *passer son temps à, dépenser son argent en*
To avoid : *éviter*
To give up : *renoncer à*
can't bear, can't stand : *ne pouvoir supporter*
To resist : *résister à*
To resent : *irriter*
To postpone : *retarder*
To put off, to defer : *ajourner*
I can't help : *je ne peux m'empêcher de*
To prevent somebody from : *empêcher quelqu'un de*
To report : *signaler*
To mind (surtout dans les questions : *Cela vous ennuie-t-il de... ?*
ou à la forme négative : *Cela ne m'ennuie pas de...*)
To be worth : *valoir la peine de*
It's no use / It's no good / There's no point in : *il ne sert à rien de...*
What's the use ? / What's the good ? / What's the point of ? : *à quoi bon... ?*
To be fed up with : *(en) avoir assez*
There's no + -ing : *il n'y a pas moyen de*
To anticipate : *s'attendre à*
To advise : *conseiller*
To allow : *permettre*
To attempt : *tenter de*
To contemplate, to consider : *envisager*
To contribute to : *contribuer à*
To enjoy : *avoir plaisir à*
To feel like : *avoir envie de*
To imagine, to fancy : *imaginer*
To intend : *avoir l'intention*
To practise : *pratiquer*
To risk : *risquer de*
To suggest : *suggérer*
To think of : *penser à*
There is no harm in : *il n'y a pas de mal à*
To forgive : *pardonner*
To excuse : *excuser*
To acknowledge : *reconnaître*
To admit, to confess (to) : *avouer*

III. Les verbes : base verbale, infinitif ou forme en -ing

Verbes admettant les deux constuctions :

Certains verbes admettent les deux constructions, tantôt le gérondif, tantôt l'infinitif.

Les plus courants sont :

To like : *apprécier*
To love : *aimer*
To prefer : *préférer*
To stop : *arrêter*
To forget : *oublier*
To remember : *se souvenir de*
To hear : *entendre*
To see : *voir*
To try : *essayer*

Le sens de ces verbes est différent selon qu'ils sont suivis d'une forme ou de l'autre.

En effet, il ne faut pas confondre :

Ex. : He **stopped** smoking (gérondif).
Il s'est arrêté de fumer.

et He **stopped** to smoke a cigarette (infinitif).
Il s'est arrêté (de travailler, par exemple) pour fumer une cigarette.

c) L'adjectif verbal

Les **adjectifs** en -ing sont dérivés de verbes (to amuse, amusing ; to surprise, surprising ; to fascinate, fascinating...).

Ils peuvent être :

– adjectifs épithètes :
Ex. : This is an **amusing** story.
C'est une histoire amusante.

– ou adjectifs attributs :
Ex. : This story is **amusing**.
Cette histoire est amusante.

Il ne faut pas confondre ces **adjectifs** en -ing (participes présents à sens actif) avec les **adjectifs** en -ed (participes passés à sens passif) :

Ex. : A **tiring** journey (adjectif en -ing).
Un voyage fatigant.

The **tired** passengers (adjectif en -ed).
Les voyageurs fatigués.

5) LES VERBES IRRÉGULIERS ANGLAIS

Il existe environ 250 verbes irréguliers, dont une centaine figurent ci-dessous. Certains de ces verbes sont d'un usage très courant (ex. : eat, drink, buy, go, come, see, sleep, do, etc.).

Il faut apprendre ces verbes par cœur et savoir les prononcer (cf. phonétique).

Rappel :
Sont appelés verbes irréguliers les verbes qui ne forment pas leur **prétérit** et leur **participe passé** comme les autres verbes lexicaux.

BASE VERBALE		PRÉTÉRIT	PARTICIPE PASSÉ		TRADUCTION COURANTE

Groupe 1 : Les trois formes sont identiques

bet	[bet]	bet		bet	parier
burst	[bɜːst]	burst		burst	éclater
cost	[kɒst]	cost		cost	coûter
cut	[kʌt]	cut		cut	couper
hit	[hɪt]	hit		hit	frapper
hurt	[hɜːt]	hurt		hurt	blesser, faire mal
let	[let]	let		let	permettre
put	[pʊt]	put		put	mettre
shut	[ʃʌt]	shut		shut	fermer
spread	[spred]	spread		spread	(s')étendre, (se) répandre

Groupe 2 : L'infinitif et le participe passé sont identiques

become	[bɪ'kʌm]	became	[bɪ'keɪm]	become	devenir
come	[kʌm]	came	[keɪm]	come	venir
run	[rʌn]	ran	[ræn]	run	courir

Groupe 3 : Le prétérit et le participe passé sont identiques

bend	[bend]	bent	[bent]	bent	plier, se pencher
bleed	[bliːd]	bled	[bled]	bled	saigner
bring	[brɪŋ]	brought	[brɔːt]	brought	apporter
build	[bɪld]	built	[bɪlt]	built	construire
burn	[bɜːn]	burnt*	[bɜːnt]	burnt*	brûler
buy	[baɪ]	bought	[bɔːt]	bought	acheter
catch	[kætʃ]	caught	[kɔːt]	caught	attraper
dig	[dɪg]	dug	[dʌg]	dug	creuser
dream	[driːm]	dreamt*	[dremt]	dreamt*	rêver
feed	[fiːd]	fed	[fed]	fed	(se) nourrir
feel	[fiːl]	felt	[felt]	felt	sentir
fight	[faɪt]	fought	[fɔːt]	fought	se battre

*Il existe une forme régulière : burned, dreamed.

III. Les verbes : verbes irréguliers anglais

find	[faɪnd]	found	[faʊnd]	found	trouver
get	[get]	got	[gɒt]	got	obtenir, devenir
hang	[hæŋ]	hung*	[hʌŋ]	hung*	suspendre
have	[hæv]	had	[hæd]	had	avoir, prendre
hear	[hɪə]	heard	[hɜːd]	heard	entendre
hold	[həʊld]	held	[held]	held	tenir
keep	[kiːp]	kept	[kept]	kept	garder
kneel	[niːl]	knelt	[nelt]	knelt	être à genoux, s'agenouiller
lay	[leɪ]	laid	[leɪd]	laid	poser à plat, mettre
lead	[liːd]	led	[led]	led	mener
learn	[lɜːn]	learnt*	[lɜːnt]	learnt*	apprendre
leave	[liːv]	left	[left]	left	partir
lend	[lend]	lent	[lent]	lent	prêter
light	[laɪt]	lit	[lɪt]	lit	allumer, éclairer
lose	[luːz]	lost	[lɒst]	lost	perdre
make	[meɪk]	made	[meɪd]	made	faire
mean	[miːn]	meant	[ment]	meant	signifier
meet	[miːt]	met	[met]	met	rencontrer
pay	[peɪ]	paid	[peɪd]	paid	payer
read	[riːd]	read	[red]	read	lire
say	[seɪ]	said	[sed]	said	dire
seek	[siːk]	sought	[sɔːt]	sought	chercher
sell	[sel]	sold	[səʊld]	sold	vendre
send	[send]	sent	[sent]	sent	renvoyer
shine	[ʃaɪn]	shone	[ʃɒn]	shone	briller
shoot	[ʃuːt]	shot	[ʃɒt]	shot	tirer, viser
sit	[sɪt]	sat	[sæt]	sat	être assis
sleep	[sliːp]	slept	[slept]	slept	dormir
smell	[smel]	smelt	[smelt]	smelt	sentir
spell	[spel]	spelt	[spelt]	spelt	épeler
spend	[spend]	spent	[spent]	spent	dépenser, passer du temps
spoil	[spɔɪl]	spoilt	[spɔɪlt]	spoilt	gâcher, gâter
stand	[stænd]	stood	[stʊd]	stood	être debout
stick	[stik]	stuck	[stʌk]	stuck	coller
sweep	[swiːp]	swept	[swept]	swept	balayer
teach	[tiːtʃ]	taught	[tɔːt]	taught	apprendre
tell	[tel]	told	[təʊld]	told	dire, raconter
think	[θɪŋk]	thought	[θɔːt]	thought	penser, croire, réfléchir
understand	[ʌndə'stænd]	understood	[ʌndə'stʊd]	understood	comprendre
win	[wɪn]	won	[wʌn]	won	gagner

*Hang, hanged, hanged : pendre quelqu'un.
*Il existe une forme régulière : learned.

III. Les verbes : verbes irréguliers anglais

Groupe 4 : Toutes les formes sont différentes

a) Schéma i - a - u

begin	[bɪ'gɪn]	began	[bɪ'gæn]	begun	[bɪ'gʌn]	*commencer*
drink	[drɪŋk]	drank	[dræŋk]	drunk	[drʌŋk]	*boire*
ring	[rɪŋ]	rang	[ræŋ]	rung	[rʌŋ]	*sonner, téléphoner*
sing	[sɪŋ]	sang	[sæŋ]	sung	[sʌŋ]	*chanter*
sink	[sɪŋk]	sank	[sæŋk]	sunk	[sʌŋk]	*couler, s'enfoncer*
swim	[swɪm]	swam	[swæm]	swum	[swʌm]	*nager*

b) Tous les autres schémas

awake	[ə'weɪk]	awoke	[ə'wəʊk]	awoken	[ə'wəʊkn]	*s'éveiller*
be	[biː]	was/were	[wɒz/wɜː]	been	[biːn]	*être*
bear	[beə]	bore	[bɔː]	born	[bɔːn]	*supporter*
bite	[baɪt]	bit	[bɪt]	bitten	[bɪtn]	*mordre*
blow	[bləʊ]	blew	[bluː]	blown	[bləʊn]	*souffler*
break	[breɪk]	broke	[brəʊk]	broken	['brəʊkən]	*casser*
choose	[tʃuːz]	chose	[tʃəʊz]	chosen	[tʃəʊzn]	*choisir*
do	[duː]	did	[dɪd]	done	[dʌn]	*faire*
draw	[drɔː]	drew	[druː]	drawn	[drɔːn]	*dessiner*
drive	[draɪv]	drove	[drəʊv]	driven	['drɪvn]	*conduire*
eat	[iːt]	ate	[et/eɪt]	eaten	[iːtn]	*manger*
fall	[fɔːl]	fell	[fel]	fallen	['fɔːlən]	*tomber*
fly	[flaɪ]	flew	[fluː]	flown	[fləʊn]	*voler*
forbid	[fə'bɪd]	forbade	[fə'beɪd]	forbidden	[fə'bɪdn]	*interdire*
forget	[fə'get]	forgot	[fə'gɒt]	forgotten	[fə'gɒtn]	*oublier*
forgive	[fə'gɪv]	forgave	[fə'geɪv]	forgiven	[fə'gɪvn]	*pardonner*
freeze	[friːz]	froze	[frəʊz]	frozen	[frəʊzn]	*geler*
give	[gɪv]	gave	[geɪv]	given	[gɪvn]	*donner*
go	[gəʊ]	went	[went]	gone	[gɒn]	*aller*
grow	[grəʊ]	grew	[gruː]	grown	[grəʊn]	*grandir, faire pousser*
hide	[haɪd]	hid	[hɪd]	hidden	[hɪdn]	*cacher*
know	[nəʊ]	knew	[njuː]	known	[nəʊn]	*connaître*
lie	[laɪ]	lay	[leɪ]	lain	[leɪn]	*être étendu, s'étendre*
ride	[raɪd]	rode	[rəʊd]	ridden	['rɪdn]	*aller à cheval, à bicyclette*
rise	[raɪz]	rose	[rəʊz]	risen	['rɪzn]	*s'élever, se lever*
see	[siː]	saw	[sɔː]	seen	[siːn]	*voir*
shake	[ʃeɪk]	shook	[ʃʊk]	shaken	[ʃeɪkn]	*secouer*
show	[ʃəʊ]	showed	[ʃəʊd]	shown	[ʃəʊn]	*montrer*
speak	[spiːk]	spoke	[spəʊk]	spoken	[spəʊkn]	*parler*
steal	[stiːl]	stole	[stəʊl]	stolen	[stəʊln]	*voler*
swear	[sweə]	swore	[swɔː]	sworn	[swɔːn]	*jurer*
take	[teɪk]	took	[tʊk]	taken	[teɪkn]	*prendre*
throw	[θrəʊ]	threw	[θruː]	thrown	[θrəʊn]	*jeter, lancer*
wake	[weɪk]	woke	[wəʊk]	woken	[wəʊkn]	*réveiller*
wear	[weə]	wore	[wɔː]	worn	[wɔːn]	*porter (sur soi)*
write	[raɪt]	wrote	[rəʊt]	written	['rɪtn]	*écrire*

558

Composition PCA – 44400 Rezé
Achevé d'imprimer en France (Ligugé) par Aubin
en mai 2007 pour le compte de E.J.L.
87, quai Panhard-et-Levassor, 75013 Paris
EAN 9782290335659
Dépôt légal mai 2007
1er dépôt légal dans la collection : octobre 2002

Diffusion France et étranger : Flammarion